古典詩歌研究彙刊

第十輯

龔鵬程 主編

第 12 冊

《遺山樂府》析論

鍾屏蘭 著

國家圖書館出版品預行編目資料

《遺山樂府》析論／鍾屏蘭 著 -- 初版 -- 新北市：花木蘭文化出版社，2011〔民 100〕

目 4+170 面；17×24 公分

（古典詩歌研究彙刊 第十輯；第 12 冊）

ISBN 978-986-254-584-3（精裝）

1.（元）元好問 2. 傳記 3. 詞論

820.91 100015354

古典詩歌研究彙刊

第十輯 第十二冊 ISBN：978-986-254-584-3

《遺山樂府》析論

作　　者 鍾屏蘭

主　　編 龔鵬程

總 編 輯 杜潔祥

出　　版 花木蘭文化出版社

發 行 所 花木蘭文化出版社

發 行 人 高小娟

聯絡地址 新北市永和區中正路五九五號七樓

電話：02-2923-1455／傳眞：02-2923-1452

網　　址 http://www.huamulan.tw 信箱 sut81518@gmail.com

印　　刷 普羅文化出版廣告事業

初　　版 2011 年 9 月

定　　價 第十輯 20 冊（精裝）新台幣 28,000 元

《遺山樂府》析論

鍾屏蘭 著

作者簡介

鍾屏蘭，國立高雄師範大學碩士、博士。曾任國立屏東師範學院語文教育學系講師、副教授兼系主任，現為國立屏東教育大學中國語文學系教授兼學生事務長。主要研究領域包括古典詩詞、文學評論、語文教學等；近年來更擴及客家語文及客家文學之研究。專門著述方面，專書有《遺山樂府析論》、《元好問評傳》、《客家語常用字詞研究——以客國語平行語料庫比對為基礎》等。發表之期刊論文數十篇，近三年來主要有〈聽說讀寫的多元統整教學——課文深究教學策略析探〉、〈從語料庫的開發探討客語教材的編輯與出版〉、〈曾貴海《原鄉、夜合》一書中的客家女性書寫〉、〈台灣客家現代詩中的「詩史」：曾貴海《原鄉・夜合》析探〉、〈修辭技巧融入客家童詩教學與創作探析〉、〈限制式寫作在國小作文教學之應用〉等。

提　　要

元遺山為金代文學泰斗，其詞繼踵蘇辛，為中州冠冕。詞集名《遺山樂府》，為金詞集大成之作。本文旨在全面且深入地分析探討其詞論及詞篇，使之受到應有的肯定與重視，並藉此進窺金詞之全貌。全文共分八章：

第一章〈緒論〉：說明研究動機與目的，以及資料運用、研究方法等。

第二章〈元遺山之生平〉：先從其時代背景與詞壇狀況，分析其作品所屬「類型風格」之形成原因；其次就其家世與生平經歷，考察其作品「個性風格」的淵源所自。

第三章〈元遺山論詞主張〉：分成論詞之特質；推尊蘇辛，詞主情性；文字技巧之琢磨鍛鍊等三項綱領，闡述其創作批評觀念，作為研究其作品之主要依據。

第四章〈《遺山樂府》之內涵境界〉：先探討其作品中生命情意的一貫本質，再分析其題材內容的萬殊面貌，並藉以體察其志意理念，性情襟抱等內在的生命本質。

第五章〈《遺山樂府》之表現藝術〉：析論其對題材意象、映襯技巧、情景交融、及託喻手法等自然圓熟的運用，以見其外在的藝術表現技巧。

第六章〈《遺山樂府》風格綜述〉：探究其作品中各種風格的兼具並存，不同風格的轉化交融，及其主流作品所呈現的主體風格，以見其詞作總體的風神品貌。

第七章〈歷來詞論家之評議與定位〉：從各時代對遺山詞之品評，一一比較說明，並給予適當之評價與定位。

第八章〈結論〉：將以上各章析論之結果，歸納為《遺山樂府》之成就與地位，及遺山對詞壇之貢獻及影響。

目次

第一章　緒　論 …… 1
　第一節　研究動機與研究目的 …… 1
　第二節　資料運用與研究方法 …… 3
第二章　元遺山之生平 …… 9
　第一節　時代的大環境 …… 9
　　一、時代背景 …… 9
　　二、詞壇狀況 …… 12
　第二節　家世與生平 …… 14
　　一、家世 …… 14
　　二、生平經歷 …… 17
第三章　元遺山論詞主張 …… 33
　　一、論詞之特質 …… 37
　　二、推尊蘇辛、詞主情性 …… 40
　　三、文字技巧之琢磨鍛鍊 …… 41
第四章　《遺山樂府》之內涵境界 …… 47
　第一節　生命情意的一貫本質 …… 47
　第二節　題材內容的萬殊面貌 …… 50

一、情與世違的挫折寂寞 …… 50
二、田園村居的閒適曠達 …… 55
三、登臨懷古的豪情悲慨 …… 60
四、血淚交迸的身世傷嘆 …… 64
五、睠懷故國的沈痛蒼涼 …… 69
六、著述存史的遺民志節 …… 73
七、誠摯熱烈的情感生活 …… 78
第五章　《遺山樂府》之表現藝術 …… 85
第一節　意象的運用 …… 86
一、歷史人物 …… 86
（一）英雄豪傑 …… 87
（二）詞賦大家 …… 89
（三）隱逸高士 …… 91
（四）名士狂生 …… 92
二、自然景物 …… 93
第二節　映襯的技巧 …… 95
一、反襯 …… 96
二、對襯 …… 97
（一）今昔對襯 …… 98
（二）盛衰興亡對襯 …… 100
（三）仕隱對襯 …… 101
（四）大小多寡對襯 …… 102
（五）動靜對襯 …… 104
第三節　情景的交融 …… 105
第四節　託喻的手法 …… 112
第六章　《遺山樂府》風格綜述 …… 123
第一節　各種風格之兼具並存 …… 124
一、崎嶇排奡、渾雅博大 …… 124
二、疏放自得、超曠雋逸 …… 126
三、怨抑激楚、沈鬱蒼涼 …… 127
四、清新瀏亮、纏綿婉曲 …… 129

第二節　不同風格之轉化交融 …… 131
一、摧剛爲柔 …… 132
二、剛柔交融 …… 133
第三節　疏快之中自饒深婉之主體風格 …… 135
一、以時代環境言 …… 136
二、以行事遭遇言 …… 136
三、從文學創作觀點言 …… 137
四、從藝術表現手法言 …… 137
（一）抒情與用詞 …… 137
（二）詞牌與句式 …… 138
第七章　歷來詞評家之評議與定位 …… 141
一、同時及稍後人士之看法 …… 141
二、清代之批評 …… 144
三、近人之見解 …… 149
四、結語 …… 150
第八章　結　論 …… 153
第一節　《遺山樂府》之特色與成就 …… 153
一、內涵境界的沈鬱深廣 …… 153
二、藝術技巧的渾成自然 …… 154
三、各種風格的兼具交融 …… 155
四、顯映金源一代整體風貌 …… 156
第二節　遺山對詞壇之貢獻及影響 …… 157
一、論詞主張爲兩宋金元重要的詞學理論 …… 157
二、中州樂府存金源一代之詞 …… 158
三、遺山樂府爲宋元之際詞壇的清流正聲 …… 159
四、詞風總金詞之大成導元詞之發展 …… 160
參考書目 …… 163

第一章　緒　論

第一節　研究動機與研究目的

詞之發展，至北宋而盛況空前，靖康之難後，女眞族建立的金朝與南宋形成了對峙的局面。這一時期中，南宋詞壇承北宋蘇軾、周邦彥之詞風發展，形成了辛棄疾、姜夔爲代表的兩大派別；北方的金源，則受地理環境、民性風俗的影響，盛行蘇軾一派的豪放詞，而其中冠絕諸家者，則爲金末元初的元好問。

元好問（1190～1257），字裕之，號遺山，金秀容人。兼擅詩、詞、古文，爲金代文學泰斗。詩文獨步一時，其詞則上承吳激、蔡松年，下啓元劉秉忠《藏春樂府》，實爲中州詞壇冠冕。詞集名《遺山樂府》，存作三百八十一首，亦爲金詞人存作最多者。

遺山的詩，造詣甚高，詩名甚大，早有定評。如金元間人徐世隆於《遺山集序》云：「遺山詩祖李、杜，律切精深，而有豪放邁往之氣。」遺山弟子郝經於〈遺山先生墓誌銘〉論其詩云：「上薄風、雅，中規李、杜，粹然一出於正，直配蘇、黃氏。」清姚鼐於《昭昧詹言續錄引》亦云：「遺山才力微遜前人，而才與情稱，氣兼壯逸，興會所詣，殊覺蒼涼而醲至。」趙翼《甌北詩話．論元遺山詩》亦云：「元遺山才不甚大，書卷亦不甚多，較之蘇、陸，自有大小之別。然正惟才不大，書不多，而專以精思銳筆，精煉而出，故其廉悍沈摯處，轉勝於蘇、陸。」所以後人有以遺山之詩，與宋代之蘇軾、黃庭堅、陸游諸人，並稱爲宋金四大家，地位甚高。他的詩作，據郝經〈遺山先生墓誌銘〉所載，共一千五百餘首，後雖略有散佚，今所存者，依施國祁《元遺山詩集箋注》所錄，仍有一千三百餘首，與其詞作三百餘首相較，可知遺山正如東坡，是以作詩餘力塡詞者。或許正因此一緣故，遂使其詞篇未能如其詩一般受到應有的重視。加以金的立國不長，中州一帶戰亂又多，詩人歌詠，流傳不易，文學成就亦往往被忽略；而遺山爲金之遺民，宋金先爲世仇，蒙古又取金源南宋而有之，其時曲代詞興，世人又多轉而注意新興之曲。這些亦間接使其詞作備受冷落，少人研究。

清劉熙載《藝概・詞概》云：「金元遺山，詩兼杜韓蘇黃之勝，儼有集大成之意。以詞而論，疏快之中，自饒深婉，亦可謂集兩宋之大成者也。」對遺山之詞，可謂推崇備至。龍沐勛《中國韻文史》中亦云：「收金詞之局，而冠絕諸家者爲元好問。」今人鄭騫先生《續詞選》論元遺山，也稱「其詞清雄頓挫，閑婉瀏亮。上承明秀（蔡松年），下啓藏春（劉秉忠），北方詞派之巨擘也。」則《遺山樂府》自有其相當地位與價値。然而睽諸國內對遺山詞之研究，迄今尙無專門分析討論之學術著作，即連單篇論文亦付之闕如，寧不可嘆！然也因此，乃促發本人興起專題研究之動機，希望藉此稍發潛德之幽光，使其詞作受到應有之肯定與重視。同時也希望經過本文的研究撰述，能使下列問題得到解答：

一、遺山論詩的主張，在中國文學批評史上，有其崇高的地位，至於其論詞文字中，對詞之見解如何？其論詞主張與其「樂府」創作之關係如何？其詞論之價値又如何？

二、《遺山樂府》既爲金詞冠冕，則其內涵境界、藝術技巧、作品風格如何？有何特色與成就？

三、歷來詞評家對《遺山樂府》評議如何？衡諸詞史，則《遺山樂府》之地位如何？

四、《遺山樂府》爲金詞集大成之作，金源一代存詞不多，研究者更少，是否可藉此專家詞之研究，進窺金源一代詞壇的整體風貌？

當然，以《遺山樂府》從事專家詞之研究，亦所以厚植一己對詞了解、分析、鑑賞、研究之能力，進而對發揚詞學，或能略盡棉薄之力。

第二節 資料運用與研究方法

研究遺山的詞，最主要且最直接之資料，自屬其詞集《遺山樂府》。遺山詞最早見諸刊刻，是在其歿後五年，即元世祖中統壬戌，由東平侯嚴實之弟忠傑所刻全集本；此本樂府與其詩文合刊，是所謂之「中統本」者。今其書已亡佚，樂府卷數亦不可知。此後則以明弘治壬子高麗刊本三卷，爲最早善本。時至清代，傳世者有三卷本及五卷本兩種。三卷者，有朱彊村、陶涉園同時翻雕弘治高麗本；五卷者，有鮑渌飲抄校本，張石洲陽泉山莊本（止四卷），張調甫南塘本，吳重熹石蓮盦刻本，及羅叔蘊殷禮在斯堂活字本等。其中三卷本因長篇詞題未經刪節，故勝於五卷本。而彊村本之《遺山樂府》，據弘治高麗本，並援引明凌雲瀚選本，張穆諸本舉勘，並附校記三卷，允推善本，共收詞二百一十九首。至於繆荃孫跋石蓮盦《遺山新樂府》云：「有舊樂府，新樂府兩種，舊樂府早佚。」此一問題，朱孝臧《遺山樂府校後跋》駁之曰：「新之云者，殆別乎詩中之樂府而言，或謂遺山詞有舊樂府已佚者，非也。」所言甚是。其後唐圭璋《全金元詞》所收遺山詞部分，則匯集朱刻《遺山樂府》三卷本，及吳刻《遺山新樂府》五卷本，並據南塘本，殷禮在斯堂本校補，共收詞三百七十七首，其中重複三首，實爲三百七十四首。最近大陸展望出版社有賀新輝輯注《元好問詩詞集》，係以《全金元詞》爲基礎，再參照地方志、碑刻等，共輯入詞三百八十一首，爲目前輯遺山詞最完備者。本論文之撰寫，係以彊村本爲主要依據，並參考唐圭璋《全金元詞》所收遺山詞，及賀新輝之《元好問詩詞集》，以求完備。

至於遺山的詩、古文，也是研究他的詞極重要的直接佐證資料。從中不僅對遺山之家世生平、行事遭際、才性襟抱、創作觀念、文學、史學素養，能有更深入之瞭解與體認，進而對《遺山樂府》有更全面、更正確之掌握，並可藉助「以詩證詞」，「以文證詞」之方式，對其詞作進行析論。因此《遺山集》中之詩十四卷，古文二十六卷，也是本文研究了解的範圍，及參引互證的材料。

另外遺山編有《中州集》十卷，附《中州樂府》一卷，則是以詩詞存史之方式，保存金源一代詩詞，除可見出其評選理路眼光外，對了解金代詩壇、詞壇狀況，詞學風氣，更是絕佳之一手資料。

遺山年譜生平方面的著作，前人之研究相當不少，最早的是清翁方綱的《元遺山先生年譜》三卷。其它較重要的還有清凌廷堪的《元遺山先生年譜》二卷，清施國祁《元遺山先生年譜》一卷，及清李光廷之《廣元遺山年譜》二卷。以上諸譜「大抵知人論世，凌氏爲精；作詩年月，李譜最詳；翁譜疏陋，而有創始之功；施作簡略，乃爲箋註之輔」。〔註 1〕另外近人繆鉞先生撰有《元遺山年譜彙纂》，則後出轉精，除集清代諸譜之大成外，並對遺山之詩、文、詞都做了編年考訂，對本文之研究，甚有助益。

關於遺山詞的繫年方面，繆鉞先生有《遺山樂府編年小箋》，吳庠先生亦撰有《遺山樂府編年小箋》，後者考訂的編年詞較前者爲多，兩者內容亦間有異同。由於研究期間，得到以上二書較晚，故撰寫之初，亦先從作品之繫年考證，其後乃得以上二書佐證。故本文凡涉及遺山撰寫時代者，即根據以上二家之說，並參以一己之心得來判定。

除此以外，後人對遺山研究的資料雖多，然絕大多數集中於其詩作及詩學主張的研究上，與《遺山樂府》相關者，國內僅有李長生《元

〔註 1〕見繆鉞先生《元遺山年譜彙纂》序例。

好問研究》一書第二章第三節部分，有初步的介紹，且多係綜集前代詞評並略加舉證而成，並未就詞篇做全面深入之析論。單篇論文方面，目前可見者亦僅以下數篇：

1、包根弟〈元好問詠物詞初探〉，發表於紀念元好問八百年誕辰學術研討會。

2、繆鉞〈論元好問詞〉，見大陸《紀念元好問八百年誕辰學術研討會論文集》，1990 年。

3、侯孝瓊〈遺山樂府縱覽〉，見《山西大學師範學院學報》第一期，1990 年。

4、趙慧文〈初論遺山詞〉，見《忻州師專學報》第一期，1990 年。

5、沈祖棻〈讀遺山樂府〉，見《安徽師大學報》第四期，1984 年。

6、趙興勤、王廣超〈元好問詞藝術初探〉，見《徐州師院學報》第一期，1983 年。

以上諸文，除第一篇是就遺山詠物詞做深入分析探討外，其餘多係概略介紹性質，甚至有從馬列思想出發，以「健康」與否判斷遺山作品者，實與文學藝術的探討本旨大相徑庭。

本文之撰寫，除詳讀直接資料外，對各類間接資料，亦力求搜集完備，研閱週遍，並儘量酌予參考。

至於本研究論文，則是根據下列論題，依序進行：

元遺山是金元之際的詩詞大家，亦為有志修史的古文家，他才華橫逸，又學養豐富，識見過人，卻不幸生值亂世，親遭亡國之痛，無論就著述的反映時代，或是時代之影響學行來看，則遺山在時代大環境中之行事經歷，與其作品之內容風格，必有密切關係。是以本文首先從其時代背景及詞壇狀況等時代大環境，分析其作品所屬「類型風格」之成因；其次則由其家世及生平經歷，考察其作品「個性風格」的淵源所自。

遺山論詩的意見很多，論詩絕句三十首更是識力卓絕，涵蓋深廣之作，在中國文學批評史上，地位頗爲重要。至於他對詞的見解如何，則散見《遺山集》中，未見整理。由於論詞主張乃其樂府創作之準的，亦爲研究其樂府之主要憑藉，故本文之第二部份，首先就其論詞文字，一一爬梳並理出綱領，以清眉目；又遺山其他論詩文字中，有可以爲論詞佐證補充者，亦一併列入討論，使遺山之論詞主張，創作觀念，能以較完整而有條理之面貌呈現，並做爲以下研究《遺山樂府》之基本依據。

以上屬《遺山樂府》外緣之考察，接著則進入作品本身之探討。研究的方法是先從內涵境界，表現技巧兩方面對詞加以析論，再就其整體風格予以評述。

在作品內容的分析上，主要參考西方「意識批評」〔註2〕的方法。先從遺山一系列詞作中，尋找其潛藏的一種意識型態，藉以歸納出貫串於作品中的生命情調，再據此析論其化爲萬殊面貌之題材內容，並藉以體察其志意理念、性情襟抱等內在情意的本質。此爲本文之第三部分——《遺山樂府》之內涵境界。

在作品表現技巧的探究上，亦參考西方「新批評」〔註3〕的細讀方式，重視作品的獨立性及美學價值，以處理作品表現方面的藝術技巧。同時爲避免作品因分析而過於割裂零碎，故儘量就其中技巧特色

〔註 2〕所謂「意識批評」（Criticism of consciousness），此一批評學派曾受到西方哲學中現象學（Phenomenology）之影響，而現象學所重視的原是主體意識與客觀現象相接觸時之帶有意向性的意識活動（consciousness as intentional），因此意識批評所重視的也就正是在文學作品中所呈現的這種意識活動。只不過意識批評所著重的並不是作者在創作時的現實之我的心理分析，他們所要探討的乃是作品中所表現的一種意識型態（Patterns of consciousness），而且他們以爲很多偉大的作者，都可以從他們一系列作品中，尋找出這一種潛藏的基本型態。

〔註 3〕所謂「新批評」（new criticism），乃特重作品之獨立性和作品之美學價值。他們主張以細讀（close reading）的方式，對作品各方面做精密客觀的觀察和分析，反對作者與讀者之主觀認定與偏愛。

歸併成幾個大項，其它零星小項，則採在大項下隨機點到說明的方式處理，以保持作品有機的生命型態。此即爲本文之第四部分——《遺山樂府》之表現技巧。

由作品內在的情意本質，與外在的表現手法，相依相成後，表現出來的是作品整體的一種風神品格，故本文的第五部分即綜述遺山作品之風格。其中探討大家之所以爲大家的「各種風格的兼具並存」，「各類風格間的轉化交融」，以及代表其主流作品之「主體風格」等，期對遺山詞有一較完整而深入的認識。

以上乃針對《遺山樂府》本身各方面之分析探討。因有鑑於歷來詞評家對遺山詞之批評，或由於視角不同，或好尚各異，故互有參差。因此本文之第六部份乃進一步將歷來對遺山之品評，分時代先後，一一比較說明，歸納後並給予《遺山樂府》適當之定位。

最後則依據以上析論之結果，歸納《遺山樂府》之特色與成就，及遺山對詞壇之貢獻與影響，作爲全文的結論。

第二章　元遺山之生平

元遺山是金元之際的詩詞大家，亦爲有志修史的古文家。他才華橫逸，又學養豐富，識見過人，卻不幸遭逢亂世，親遭亡國之痛。無論就著述的反映時代，或時代之影響學行來看，遺山在時代大環境中的行事經歷，與其作品的內容風格，皆有密切關係。其中大時代環境中的動亂痕跡及當時北方文壇的學術風氣，在《遺山樂府》中影響歷歷，這種情形，亦爲金源一般詞家作品中，普遍存在者，可謂遺山詞作「類型風格」之所屬。而遺山個人的家世背景，才情性分，生活遭遇，則是形成他詞作「個性風格」的主要原因。因此欲對《遺山樂府》的內涵境界、藝術技巧，有較正確深入的認識體會，就須先就形成其作品風格的背景因素，有一番考察。故本章的敘述分爲兩節，首先是從其時代背景及詞壇狀況等時代的大環境來分析，以見其作品所屬之「類型風格」之成因。其次則由其家世及生平經歷來考察，以見其作品「個性風格」的淵源所自。

第一節　時代的大環境

一、時代背景

十二世紀初，在中國白山黑水間崛起了一支新興民族——女眞完顏氏，〔註1〕他們的祖先出自靺鞨黑水部，五代時，號稱「生女眞」，〔註2〕臣服於遼人的統治之下，過著茹毛飲血的生活。北宋眞宗時期，遼與宋和，在遼人坐享財貨，日耽安逸，天祚帝昏庸淫亂，群下離心的情形下，給予女眞崛起圖強之機。宋徽宗政和五年（1115），女眞族在完顏阿骨打的統領下，破遼稱帝，建國號金，定都會寧府（今松江省阿城縣），是爲金太祖。金自開國以後，驍勇強悍的民族性更加銳不可當，宣和末（1125），金太宗滅遼侵宋，次年即發生「靖康之難」，陷汴京，擄徽、欽二帝以下三千餘人北去，而趙氏南遷，北宋淪亡。此後秦嶺淮水以北之地，遂爲金朝天下，形成與南宋對峙的局面。

金代立國共一百二十年，歷九主六世。〔註3〕由建國、發展、至傾覆，大致可分三期：第一期爲太宗建國至海陵王南侵被弑於瓜州（1115～1160），共四主四十五年，爲金之初葉。這個時期，最初是唯武功是尚，鄙陋而無文，待接觸中州庶民廣土，以及宋朝所遺經籍文物，於是乃稍去礦鹵之習，並採行漢化政策，〔註4〕偃武行文，議

〔註1〕《金史》卷一〈世紀・本紀〉云：「生女眞地有混同江、長白山。混同江亦號黑龍江，所謂白山黑水是也。」

〔註2〕據《金史》記載，金之祖先，出自黑水靺鞨，後役屬渤海國。五代時，契丹盡取渤海地，黑水靺鞨則附屬於契丹。其在南者，籍契丹，號熟女眞，其在北者，籍號生女眞。

〔註3〕太祖（1115～1119）——太宗（1120～1134）——熙宗（1135～1148）——海陵王（1149～1160）——世宗（1161～1189）——章宗（1190～1208）——衛紹王（1209～1212）——宣宗（1213～1223）——哀宗（1224～1234）——末帝（1234）。

〔註4〕陶晉生〈金代初期女眞的漢化〉一文指出：女眞族基本的生活型態是採漁獵、畜牧、農耕的混合方式，容易認同中國之農村社會。同時由於與遼、契丹關係密切，早已間接接觸中原文化，此皆女眞族順利漢化之前奏。又根據姚從吾〈女眞漢化的分析〉一文，則指出其漢化的次第爲：（一）接受遼內地化的統治權，不使中斷。（二）用內地行政的辦法，逐漸建立金朝新得地的統治。（三）逐漸改變生女眞散漫的部落統治，進而成爲農業社會的官吏政治。（四）推行教育、救濟、勸農、考試、考績、法治、保民等比較開化的政治制度。

禮制法，考試勸農，獎勵人才，於是典章文物略備，朝廷政治規模初具。此時是金朝借才異代之期，詔令奏議，典章制度，悉賴北宋留金的文士，而當日文壇亦幸有此一批文士的維持。

第二期則自世宗大定至宣宗貞祐南渡前的五十年（1161～1213）。尤其是世宗大定、章宗明昌時期，因偃武行文，獎勵生產，故中州宴然，經濟繁榮。而庠序之教，禮樂之治，都已具成效，又以詞賦、經義、策論取士，所以新一代的人才輩出，即所謂「神功聖德三千牘，大定明昌五十年」〔註5〕的黃金時代，是金朝的全盛時期。然而，也就在這號稱治世的另一面，由於晏安成習，已種下衰亡禍根。朝廷內是根本不立，骨肉相殘；〔註6〕民間則剛勁善戰的本質已不復存。故章宗泰和之末，蒙古高原的鐵騎，即趁勢崛起，威勢南逼。衛紹王大安三年，成吉思汗大舉南侵，陷金西京（今山西大同），所過無不殘破。又二年而圍燕京，金兵節節敗退，全無招架之力。短短兩年間，金朝大定明昌五十年的安定繁榮，迅即土崩瓦解，步上了衰亡之途。

第三期爲自宣宗貞祐二年遷都汴京，以至金亡（1214～1234），此二十年，始則爲強敵侵逼，轄域日削，朝綱窳敗，生民流離的悲慘時刻；繼則哀宗失國，蒙古代金取得了中國北半部的控制權。而金元易代之際，中州上下，可謂一片浩劫。蒙制：凡敵拒命，克之必屠。如元遺山〈廣威將軍郭君墓表〉所云：「自北兵長驅而南，燕、趙、齊、魏，蕩無完城。」〔註7〕而〈金蓮正宗紀〉亦形容蒙古軍的南侵，「飲馬則黃河欲竭，鳴鏑而華嶽將崩，玉石俱焚，賢愚並戮；尸山積而依稀犯斗，血海漲而髣髴彌天，赫威若雷，無敵如虎。」〔註8〕殺戮之慘，至於窮山搜林，掘墓揚骸。加上賦役繁

〔註5〕見《元遺山詩集箋注》卷八頁396，〈甲午除夜〉詩。

〔註6〕詳見劉祁《歸潛志》卷十二〈辨亡〉。並參考孫克寬〈蒙古初期軍略與金之崩潰〉頁36。

〔註7〕《遺山集》卷二十八頁316。

〔註8〕詳見《道藏洞眞部》第七十六冊。《金蓮正宗紀》卷四頁12以下。

重，盜賊肆虐，人民轉死溝壑，淪爲奴隸者，適數十萬。〔註 9〕而元遺山即不幸生於此鼎革之際，易代之時。金亡之時，遺山年四十五，故青壯之年，多在躲避兵禍，顚沛流離中渡過；後半生則在異族統治下，忍辱負重，修史自任，故時代動亂的影子，國破家亡的傷痕，在作品中顯得格外強烈。

二、詞壇狀況

金之時代，與南宋同時，然金爲女眞族，粗鄙無文，已如前述，待致力漢化後，文物始漸完備。文學之事，除隨漢化日深，國勢日定而日漸發達外，金主之親儒倡文，亦爲金源文學發展之主要動力。

金主除太祖、太宗二朝輕文抑漢外，其餘熙宗以下歷代君主，多能崇慕文學，親近文士。其中如海陵王亮，雖爲弒奪之雄，卻嗜習經史，慕江南衣冠文物，下詔求直言；詩作桀驁雄豪，詞亦如之。〔註 10〕而章宗性好儒術，博學能文，詩詞亦多有可稱。〔註 11〕上有好者，下必有甚焉，金主愛好提倡於上，大臣文士競效於下，故有金一代詞壇亦蓬勃發展，而具可觀之成績。

金詞之發展，亦可隨時代背景之改變而大致分期。金之初葉十餘年，無文學可述者，其後則極力羅致遼宋文士，爲借才異代之時期。就詞壇而言，則以宋人宇文虛中、高士談、吳激、蔡松年等人爲代表，

〔註 9〕詳見袁國藩〈金元之際江北人民之生活〉，《大陸雜誌》二十卷五期159～166。

〔註 10〕海陵王完顏亮，其傳世詞作最有名者爲〈鵲橋仙・待月〉詞：「停杯不舉，停歌不發，等候銀蟾出海。不知何處片雲來，做許大、通天障礙。虬髯撚斷，星眸睜裂，唯恨劍鋒不快。一揮截斷紫雲腰，仔細看嫦娥體態。」明王世貞《藝苑卮言》評爲「俚而實豪」。清徐釚《詞苑叢談》亦云：「出語崛強，眞是咄咄逼人。」可見其雅愛文學及不可一世之氣魄。

〔註 11〕金章宗完顏璟亦工倚聲，其〈蝶戀花・聚骨扇〉一首亦頗著名：「幾股湘江龍骨瘦，巧樣翻騰，疊作湘波皺。金鏤小鈿花草門，翠條更結同心扣。　金殿珠簾閒永晝，一握清風，暫喜懷中透。忽聽傳宣須急奏，輕輕褪入香羅袖。」

其中吳激、蔡松年更爲詞壇盟主，其詞號「吳蔡體」。〔註 12〕這批文士或爲遺老，或因使金而被強行留用，不得南返，故詞中頗多悽愴之音，家山之思。〔註 13〕

金之中葉，即大定明昌時期，乃金代詞風最熾之階段，一時人才輩出。除金章宗及密國公完顏璹爲皇室貴族能詞而佳者外，蔡珪、趙可、劉迎、李晏、王庭筠、高憲、党懷英、景覃、王特起、趙秉文、辛愿，皆爲一時之佼佼者，而其中又以党懷英、趙秉文爲一代宗師。党懷英曾與辛棄疾同師劉瞻，時號爲「辛党」。其詞俊拔有神，爲金世宗、章宗兩朝詞人最著者。趙秉文則爲結束明昌詞局者，亦爲當代文壇座主。趙氏平生極慕東坡，有「金源一代一坡仙」之譽。〔註 14〕

晚金詞壇，則由宣宗南渡至遺山之卒爲止。〔註 15〕因領土日削，民生凋蔽，政局氣象大不如前，故詞苑作家亦不及前期之多。然受國困時艱之激盪，亦爲繁花落盡，佳果圓熟之時。其中李獻能、王予可、李俊民、段克己、段成己諸人之作，皆一時之代表。而收金詞之局，又冠絕諸家者，即爲元遺山。

金雖與南宋同時，但詞風與南宋大有不同。清況周頤《蕙風詞話》云：「南宋佳詞能渾至，金源佳詞近剛方。宋詞深微能入骨，如清眞、夢窗是；金詞清勁能樹骨，如蕭閑（蔡松年）、遯庵（段克己）是。南人得江山之秀，北人以冰霜之清。南或失之綺靡，近

〔註 12〕元遺山《中州集》卷一頁 15 云：「百年以來，樂府推伯堅與吳彥高，號吳蔡體。」

〔註 13〕如吳激〈人月圓〉詞云：「南朝千古傷心事，還唱後庭花。舊時王謝堂前燕子，飛向誰家。　恍然一夢，仙肌勝雪，宮鬢堆鴉。江州司馬，青衫淚濕，同是天涯。」元遺山《中州集》卷一頁 10 云：「彥高樂府，夜寒茅店不成眠，南朝千古傷心事，誰挽銀河等篇，自當爲國朝第一手。」

〔註 14〕郝經《陵川集・題閑閑畫像》云：「金源一代一坡仙，金鑾玉堂三十年。泰山北斗斯文權，道有師法學有淵。」

〔註 15〕文學派脈傳衍，本難畫界，金室南渡，二十年而亡，然文運之遞嬗，實至元遺山之卒始告終絕。遺山卒於蒙古憲宗七年（1257），金亡已二十三年，故援蘇雪林先生《遼金元文學》之例，暫爲斷限如此。

於雕文刻鏤之技；北或失之荒率，無解深裘大馬之譏。」又近人吳梅《詞學通論》云：「金宋分界，習尙不同，程學行於南，蘇學行於北。」根據以上二家之說，則可知，疏快爽逸乃金詞之類型風格，而形成此類型風格之原因，與其地理環境，學術風潮，時代歷史皆有相關。趙宋南遷，金據淮水以北，北人性格，其天賦本多豪邁英健之氣，而宋文士宇文虛中、蔡松年、高士談、吳激等人先後留滯於金，挾蘇學北行，〔註16〕東坡「橫放傑出」之詞風，正深合北人氣質，遂於金代發榮滋長。〔註17〕而金朝一百二十年之歷史中，除大定明昌的四五十年間，與宋議和，戰端稍息外，餘皆戎馬倥傯，爭伐不止，是以詞中亦多豪健慷慨之情，悽愴悲涼之音。故大抵說來，北方金源詞壇的類型風格，是籠罩於蘇軾一派「詩化」的豪放詞風下，在疏快爽逸中夾雜了悲愴蒼涼。與南宋詞壇相比，是近於辛棄疾一派的豪放詞風，而與格律派詞風相對立。

遺山生於蘇學盛行的金源，又吸收前述諸詞人之精華，故其詞作不能自外於蘇軾一派「詩化」的豪放詞風；又以絲竹中年，遭遇國變，故疏快爽逸的詞風外，更有近似辛棄疾的沈鬱蒼涼，此即時代背景如此，詞壇風氣如此所致。論其世而知其人，以上所述，即爲遺山樂府類型風格形成的原因。

第二節　家世與生平

一、家　世

〔註16〕金初詞壇之盟主吳激、蔡松年，皆與蘇軾有親屬、門生故舊之誼，如吳激乃蘇軾好友米芾之婿，蔡松年《念奴嬌·離騷痛飲》即步東坡原韻。他們由南入北，身遭喪亂，內心多嶔崎磊落，鬱塞不平之氣，自然而然，把蘇學豪放之風帶往金國。

〔註17〕其後如收明昌之局者文壇座主趙秉文，即深慕東坡，除和東坡赤壁詞外，亦擬東坡〈卜算子〉詞，其它稱慕東坡語，亦所在多有，對當日文壇風氣影響極大，遺山亦受其影響者。

元遺山世系表

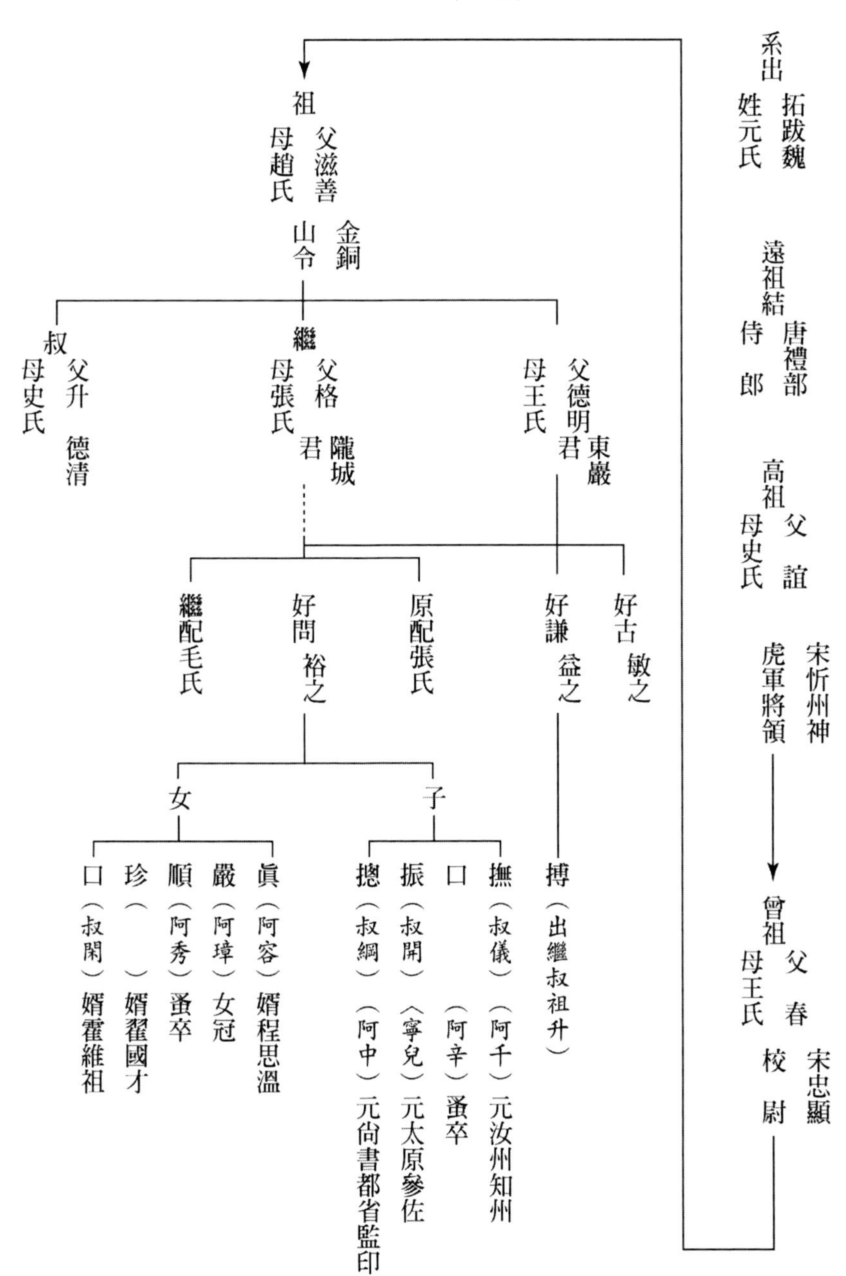
系出拓跋魏
姓元氏
遠祖結
唐禮部侍郎
高祖
父誼
母史氏
宋忻州神虎軍將領
曾祖
父春
母王氏
宋忠顯校尉
祖
父滋善
母趙氏
金銅山令
父德明
母王氏
東巖君
繼
父格
母張氏
隴城君
叔
父升
母史氏
德清
好古
敏之
好謙
益之
原配張氏
好問
裕之
繼配毛氏
子
女
摶（出繼叔祖升）
撫（叔儀）（阿千）元汝州知州
口（阿辛）蚤卒
振（叔開）（寧兒）元太原參佐
摠（叔綱）（阿中）元尚書都省監印
眞（阿容）婿程思溫
嚴（阿璋）女冠
順（阿秀）蚤卒
珍（　）婿翟國才
口（叔閑）婿霍維祖

元好問，字裕之，〔註 18〕號遺山，〔註 19〕太原秀容（今山西省忻縣）人。生於金章宗明昌元年，即南宋光宗紹熙元年（1190），卒於蒙古憲宗七年，即南宋理宗寶祐五年（1257）九月四日（同註 18），享年六十八歲。

遺山系出拓拔魏，〔註 20〕拓拔氏後改姓元。〔註 21〕遠祖結，〔註 22〕唐玄宗天寶十二年進士，官至著作郎，追贈禮部侍郎，〔註 23〕詩文並著，有《次山集》十卷傳世。高祖名誼，爲宋忻州神虎將領。〔註 24〕曾祖名春，曾任宋隰州團練使，隰州入金後，歸隱不仕。〔註 25〕祖父名滋善，金海陵王正隆二年賜出身，〔註 26〕官至儒林郎，贈朝列大夫。〔註 27〕生父德明，號東巖，因遺山貴顯而贈中順大夫。〔註 28〕德明自幼好學，誠實樂易，屢試不中，遂寄情山水，詩酒以終。作詩不事雕飾，詩風清美圓熟，無山林枯槁之氣，有《東巖集》三卷。〔註 29〕德明有子三人，長子名好古，字敏之，性識敏悟，讀書能強記，務爲無

〔註 18〕見《金史》卷一百二十六〈元德明傳所附元好問傳〉（以下簡稱本傳）、施國祁《元遺山詩集箋注》頁 28～32 所附錄之郝經撰〈遺山先生墓誌銘〉（以下簡稱〈遺山墓誌銘〉），及其它諸年譜。

〔註 19〕《遺山集》卷三十七〈陶然詩集序〉自署爲遺山眞隱，同卷〈暠和尚頌序〉則自稱遺山居士。據日人鈴木修次所撰《元好問》一書頁 20 謂：「好問嘗讀書於山西遺山，故以此自號，取其遺世而退隱山林之意。」

〔註 20〕同註 18。

〔註 21〕北魏孝文帝建成二十年（496）改姓元。

〔註 22〕《遺山集》卷八頁 85，〈內鄉縣齋書事〉詩自注「遠祖次山」。又《中州集》卷十頁 350〈元德明小傳〉，引金楊叔能撰〈元德明墓誌銘〉謂「唐禮部侍郎次山之後」。

〔註 23〕《新唐書》卷一四三〈元結傳〉。

〔註 24〕《遺山集》卷二十五頁 278〈承奉河南元公墓銘〉。

〔註 25〕參見〈遺山墓誌銘〉及《遺山集》〈承奉河南元公墓銘〉。

〔註 26〕《遺山集》卷三十七頁 431〈南冠錄引〉。

〔註 27〕〈遺山墓誌銘〉。

〔註 28〕《遺山集》卷四十頁 463〈爲第四女配婿祭家廟文〉。

〔註 29〕詳見《中州集》卷十頁 350～351，引金楊叔能撰〈元德明墓銘〉，並參《金史》卷一百二十六〈元德明傳〉。

所不闕，亦能詩。宣宗貞祐二年三月，死於蒙古北兵屠城之禍。〔註30〕次子名好謙，字益之。遺山是其第三子。

遺山生七月，以叔父元格無嗣，出繼為子。〔註31〕元格歷任隴城（今山東歷城縣）令，陵川（今山西陵川縣）令，騎都尉等官，〔註32〕因遺山貴顯而贈廣威將軍。〔註33〕

遺山雖系出拓拔魏，原為鮮卑族人，然鮮卑族自西元四九六年起漢化，唐時已融為漢族。其高祖、曾祖雖均為宋朝官吏，然祖父一代已食金朝之祿，〔註34〕故遺山自認金朝人，金亡不仕，一如其曾祖，於宋亡亦不仕。

遺山可謂出自奉儒守官之家，以文章氣節自矢，其〈南冠錄引〉云：「維祖考承王公餘烈，賢雋輩出，文章行業皆可稱述。」應非虛語，亦由此可知其家世學行淵源之淳厚了。

遺山原配同郡張氏，戶部尚書林卿之女。繼配臨清毛氏，摧貨司提舉飛卿之女。子女九人，四男、五女：長男撫，字叔儀，任奉直大夫，汝州知州，兼管諸軍奧魯勸農事。次男小名阿辛，早夭。三男振，字叔開，官至太原路參佐。四男摠，字叔綱，任尚書都省監印。長女真，適進士程思溫。次女嚴，出家為女冠。三女順，早卒。四女珍，適成和郎大都惠民司提點翟國才。五女叔閑，適建德路織染局大使霍維祖。〔註35〕

二、生平經歷

（一）少年——由出生至二十二歲，乃生長雲朔，志學力

〔註30〕《遺山集》卷二十五頁279，〈敏之兄墓銘〉。

〔註31〕〈遺山墓誌銘〉。

〔註32〕〈遺山墓誌銘〉。

〔註33〕同註28。按〈遺山墓誌銘〉作「顯武將軍」，清李光廷《元遺山年譜》作「明威將軍」，此從《遺山集》。

〔註34〕《遺山集》卷三十七頁431〈南冠錄引〉云：「吾家食先朝（金朝）祿七十餘年。」

〔註35〕據〈遺山墓誌銘〉及施國祁《元遺山年譜附世系表》。

學的階段。

遺山生時正當明昌盛世（生於金章宗明昌元年），文運方隆。他秉承先祖的素慧，幼有神童之稱。〔註36〕八歲學作詩。〔註37〕十一歲，隨嗣父格官於冀州（河北冀縣），學士路宣叔（鐸）賞其俊爽，教之作詩爲文。〔註38〕十四歲時，生父德明卒。隨嗣父至陵川任所，從郝天挺（晉卿）學。〔註39〕郝氏曾舉進士，然厭於名場，而不就選，隱居教授。遺山曾形容郝氏之人品學養云：「先生習於禮義之俗，出於賢父兄教養之舊，且嘗以太學生遊公卿間，閱人既多，慮事亦審。其容止可觀，而話言皆可傳州里，老成宿德，多自以爲不及也。」郝氏平日教子弟曰：「今人學詞賦，以速售爲功，六經百氏，分裂補綴外，或篇題句讀之不知，幸而得之，且不免爲庸人，況一敗塗地者乎？」又云：「今仕宦多用貪墨敗官，皆苦於饑凍，不能自堅者耳。丈夫處世不能饑寒，雖一小事，亦不可立，況名節乎？」郝氏以爲當時科舉風氣敗壞，學子但求功名，不務實學，官場風氣亦爲所染，志節大喪。於是遺山從學六年間，乃以「讀書不爲藝文，選官不爲利養」，「治術行己爲本，蒞官治人次之，决科詩文則末」來教育他。並教遺山作詩，對一般「詩非所急，得無徒費日力」之問，僅以「教之作詩，正欲渠不爲舉子耳」〔註40〕作答。所以遺山十六歲赴試并州，未能及第，〔註41〕此後亦屢試不中，然郝氏六年調教，奠定日

〔註36〕〈遺山墓誌銘〉：「太原王湯臣稱爲神童。」

〔註37〕見《遺山集》卷三十七頁431〈南冠錄引〉。〈本傳〉及〈遺山墓誌銘〉則云：「七歲能詩。」陳湛銓〈遺山先生述傳〉則以爲「殆七歲能成詩，而八歲始篤學之也。」

〔註38〕見〈遺山墓誌銘〉。詳見《中州集》卷四頁 132～136，〈路鐸小傳〉及其詩。

〔註39〕《遺山集》卷二十三頁 262〈郝先生墓銘〉。又參見《中州集》卷九頁 296〈郝先生天挺傳〉；《續夷堅志》卷二頁 13。

〔註40〕以上有關郝氏之教，見《遺山集》卷二十三頁 262〈郝先生墓銘〉；《中州集》卷九頁 296〈郝先生天挺傳〉；郝經《陵川集》卷三十六頁 5〈先大父墓銘〉等。

〔註41〕《遺山樂府》〈摸魚兒〉「恨人間情是何物」題序云：「乙丑歲，赴試

後遺山對名節出處之態度：如三十二歲始登進士第，然登第後亦不就選，而在箕山，潁水等地著述自娛；又如四十五歲，金亡後，雖困於飢寒，亦抗節不仕，則郝氏的影響於此可見。

遺山乃北魏鮮卑族跖拔氏後裔，素承遊牧民族奔騰之血性，生長於雄偉遼闊的北國山川，沿襲幽并男兒傳統之尚武精神，此正如趙翼《甌北詩話》所云：「蓋生長雲朔，其天稟本多豪邁英傑之氣。」而此一幽并少年，除致力於古典經籍之學，又隨嗣父格遊宦山東、山西、甘肅、陝西等地，足跡幾遍於北半中國。早年養成的心胸氣魄在他〈并州少年行〉一詩中，有生動的描述：

> 北風動地起，天際浮雲多。登高一長嘯，六龍忽蹉跎。我欲橫江鬥蛟鼉，萬弩迸射陽侯波。或當大獵燕趙間，黃羆朱豹皆遮羅。……君不見并州少年夜枕戈，破屋耿耿天垂河……著鞭忽見劉越石，拔劍起舞雞鳴歌……。

早年的遺山，亦如當日一般貴介公子，有結交詩朋酒友，讀書飲酒爲樂的雅趣。他在〈古意〉詩中云：「二十學業成，隨計入咸秦。秦中多貴游，幾與書生親。」而題爲「戊辰歲長安中作」的〈蝶戀花〉詞，亦透露了這種生活：

> 一片花飛春意減。雨雨風風，常恨尋芳晚。若個花枝偏入眼。樽前細問春風揀。　　醉裡看花雲錦爛。只記鶯聲，不記紅牙板。留著佳人鸚鵡琖。明朝賸把長條換。

詩情畫意，正是才子佳人共譜的生活佳話。又如〈點絳脣・長安中作〉一詞則云：

> 沙際春歸，綠窗猶唱留春住。問春何處。花落鶯無語。　　渺渺吟懷，漠漠煙中樹。西樓暮。一簾疏雨。夢裡尋春去。

則把多情易感的幽渺情懷，少年心愫，表露無遺。此二首詞，皆言長安中作，則爲遺山十九至二十歲時之作品，〔註42〕而今可考知遺山最

并州。」是年遺山年十六。

〔註42〕吳庠《遺山樂府編年小箋》，頁4～5。

早之詞乃〈摸魚兒〉「恨人間情是何物」一首，作於遺山十六歲，赴試并州途中，但題注說曾經後來改定，所以如今所能見的原作，自以此爲最早。不過也由此可知，遺山年方十六即已塡詞，而十九、二十左右，已有相當的作品了。

（二）青年——由二十二歲至三十五歲，乃避兵河南，揚名登第的時期。

快意的少年生活，轉瞬即已結束，金衛紹王大安三年（1211），成吉思汗聚眾誓師，發動歷時二十四年的侵金戰爭，遺山年方二十二歲，而兵連禍結中顚沛流離之悲慘命運，亦於焉開始。

金宣宗貞祐三年（1213）秋，蒙古兵分三路南下，〔註43〕次年燕京（今北平）告急，五月乃遷都汴京（今河南開封），〔註44〕蒙古軍亦同時侵入山西，攻破遺山家鄉忻州，屠城時殺十餘萬人，遺山長兄好古亦遇害。貞祐四年（1216），遺山二十七歲，爲躲避兵禍，乃舉家流亡至河南福昌三鄉一帶（今河南宜陽附近），目睹家國巨變，他寫下了「烽火苦教鄉信斷，砧聲偏與客心期」（〈永寧南原秋望〉）的思鄉之情，也寫了「西州淚，玉觴無味，強爲清香醉」（〈點絳脣·青梅、永寧時作〉）的悲痛之音。〔註45〕當然，青年的遺山，十分盼望早日可以回到故鄉，有一首〈江月晃重山·初到嵩山時作〉，就很能表現他這種心情，詞云：

> 寒山秋風鼓角，城頭落日旌旗。少年鞍馬適相宜。從軍樂，莫問所從誰。　　候騎纔通薊北，先聲已動遼西。歸期猶及柳依依。春閨月，紅袖不須啼。

稍事安定以後，遺山即肆力於古典詩歌理論的研究，二十八歲時，寫成了文學批評的論著《錦機》一卷，〔註46〕及體現一家論詩宗旨之《論

〔註43〕詳參《元史》卷一〈太祖本紀〉。
〔註44〕詳參《金史》卷十四〈宣宗本紀〉上。
〔註45〕《金史·地理志》:「南京路嵩州永寧縣」按永寧與福昌同隸嵩州。
〔註46〕見《遺山集》卷三十七頁417，文中有「興定丁丑閑居氾南」字樣。

詩絕句三十首》。〔註47〕

同時在這數年之間，遺山還經常往來於嵩山、三鄉、昆陽之間，與一時才俊文士如雷淵、李獻能、李純甫、麻九疇、王渥、李汾、辛愿等往還交游，以詩文相切磋，而許多登臨山水，感懷唱和的篇什，皆作於這段時間。〔註48〕如〈水調歌頭‧少室玉華谷月夕，與希顏、欽叔飲，醉中賦此〉即云：

> 山家釀初熟，取醉不論錢。清溪留飲三日，魚鳥亦欣然。見說玉華詩老，袖有忘憂萱草，牛背穩於船。鐵笛久埋沒，雅曲竟誰傳。　坐蒼苔，攲亂石，耿不眠。長松夜半悲嘯，笙鶴下遙天。天上金堂玉室，地下石城瓊壁，別有一山川。把酒問明月，今夕是何年。

同時，遺山更以〈箕山〉、〈琴臺〉等詩得到當時文壇座主趙秉文的賞識，〔註49〕於是名震京師（汴梁），有「元才子」之譽。〔註50〕又五年，遺山三十二歲，登進士第，座主即爲趙秉文。固然一時聲名大著，亦因此招來嫉妒與批評，〔註51〕所以雖登第而不就選，並深覺志與時違，油然而生隱居的念頭。如他的〈臨江仙‧自洛陽往孟津道中作〉便說：

> 今古北邙山下路，黃塵老盡英雄。人生長恨水長東。幽懷誰共語，遠目送歸鴻。　蓋世功名將底用，從前錯怨天公。浩歌一曲酒千鍾。男兒行處是，未要論窮通。

但是，在哀宗正大元年（1224）三十五歲時，又由於趙秉文，楊雲翼等人的力勸而赴試，中詞科，〔註52〕授儒林郎，任國史院編修官，

〔註47〕見《遺山集》卷十一頁123，題序有「丁丑歲三鄉作」。

〔註48〕詳見《遺山集》卷三十九頁449〈答聰上人書〉。其它遺山詩詞唱和中，亦所在多有，不一一列舉。

〔註49〕《遺山集》卷三十八頁443〈趙閑閑公眞贊〉，又見〈遺山墓誌銘〉。

〔註50〕〈遺山墓誌銘〉。

〔註51〕《遺山集》卷三十八頁443〈趙閑閑公眞贊〉云：「旁有不平者……謂公與楊禮部之美，雷御史希顏，李內翰欽叔爲元氏黨人。」

〔註52〕同註49，及《遺山集》卷十五頁173〈秦王擒竇建德降王世充露布〉

〔註53〕從此開始步入仕途。

（三）壯年——從三十五歲至四十五歲左右，乃仕隱無定，憂國憂民的時期。

由於遺山的出任國史院編修官，得與雷淵（希顏）、李欽叔（獻能）、王渥（仲澤）、冀禹錫（京父）、李汾（長源）等共事，建立了生死莫逆的感情，〔註54〕也確立了他晚年以修史爲職志的觀念。然而首次的官場生涯卻使他相當失望，常常思慕自由自在的田園山居生活，如〈水調歌頭・史館夜直〉詞就是他心意的表白：

形神自相語，咄諾汝來前。天公生汝何意，寧獨有畸偏。萬事粗疏潦倒，半世棲遲零落，甘受眾人憐。許汜臥床下，趙壹倚門邊。　　五車書，都不博，一囊錢。長安自古歧路，難似上青天。雞黍年年鄉社，桃李家家春酒，平地有神仙。歸去不歸去，鼻孔欲誰穿。

正因爲「世俗只知從仕樂，書生只合在家貧」，所以他「半夜高聲入寥廓，北風黃鶴起歸心」（〈帝城二首〉），就在次年夏天，他辭官賦歸，回崧山過隱居田園的生活。他的〈浣溪沙・史院得告歸西山〉詞云：

萬頃風煙入酒壺，西山歸去一狂夫。皇家結網未曾疏。
　　情性本宜閒處著，文章自忖用時無。醉來聊爲鼓嚨胡。

可說把他「從宦非所堪，長告欣得請」（〈出京〉）的歸田心境，表現

自注。

〔註53〕《遺山集》卷三十三頁37，〈吏部掾屬題名記〉篇末有「正大二年五月日儒林郎權國史院編修官元某記」。同卷頁371〈警巡院廨署記〉同。據《金史》卷五十五〈百官志〉一：儒林郎爲從七品下，國史院編修官是正八品。

〔註54〕《中州集》卷十頁323，以辛愿、李汾、李欽用爲三知己。又《中州集》卷六頁220〈冀禹錫小傳〉云：「在京師時，希顏、仲澤、欽叔、京父相得甚歡，升堂拜親，有昆弟之義。」又遺山有〈鷓鴣天〉詞，寫與京甫、欽叔市飲的情形：「樓上歌呼倒接䍦，樓前分手卻相攜。雨前雨後花枝減，州北州南酒價低。　　憐木雁，笑醯雞。鶴長鳧短幾時齊。醒來門外三竿日，臥聽春泥過馬蹄。」又〈水調歌頭〉詞中亦有「慚愧君家兄弟，半世相親相愛，知我是狂夫」，可知渠等友情之深厚。

得十分眞切。

他歸隱後，除吟詩作文外，又編成《杜詩學》一卷。〔註 55〕只可惜，不久又在「技拙違時用，年飢與食謀」的現實壓力下，於正大三年（1226）再度出仕爲鎭平令（今河南鎭平縣）。〔註 56〕此次再仕，仍是不得意，他說「寒日山城雪四圍，空齋孤坐意多違」（〈從鄧州相公覓酒・時在鎭平〉），所謂的「意多違」，我們可以從〈鎭平縣齋感懷〉詩看得更清楚，他說：

> 四十頭顱半白生，靜中身世兩關情。書空咄咄知誰解，擊缶嗚嗚卻自驚。老計漸思乘款段，壯懷空擬謾崢嶸。西窗一夕無人語，挑盡寒燈坐不明。

次年，他轉任內鄉令（今河南內鄉縣）。〔註 57〕身爲地方父母官，他十分關切民生疾苦，然而由於國勢日蹙，軍費浩繁，租稅竟是平日的數倍，他一面憂民寒飢，一面又不得不要向百姓催討租稅，無奈之餘，作詩云：

> 我將禁吏出，將無夜叩扉。教汝子若孫，努力逃寒飢。軍租星火急，期會切莫違。期會不可違，鞭朴傷汝肌。傷肌尚云可，夭閼令人悲。（〈宿菊潭〉）

他目睹農民生活的悲慘，而自己又成爲加劇其痛苦之鞭朴工具，忍不住自我譴責說：

> 吏散公庭夜已分，寸心牢落百憂熏。催科無政堪書考，出粟何人與佐車。飢鼠遶床如欲語，驚烏啼月不堪聞。扁舟未得滄浪去，慚愧舂陵老使君。（〈內鄉縣齋書事〉）

〔註 55〕《遺山集》卷三十六頁 415〈杜詩學引〉，文中有「乙酉之夏，自京師還，閒居崧山，因錄先君子所教，與聞之師友間者爲一書，名曰杜詩學。」

〔註 56〕〈遺山墓誌銘〉，凌廷堪《元遺山先生年譜》卷上頁 16，丙戌三十七歲條。

〔註 57〕《遺山集》卷三十二頁 366〈長慶泉新廟記〉云：「鄧之西，百里而遠是爲內鄉……正大丁亥（即正大四年），予承乏是邑。」

在在都可以看出他是一位盡忠職守，關心百姓疾苦的好官吏。

正大六年（1229）遺山以丁母憂辭內鄉令。居喪期間，「出居縣東南白鹿原，結茅菊水之上，聚書而讀之……名所居爲新齋。」〔註 58〕在這鄉居的兩年多裡，是遺山生活心情較閒適的時期，他作了《東坡詩雅》三卷，〔註 59〕並在淅江邊過著平靜的耕讀生活。如〈蝶戀花•白鹿原新齋作〉云：

> 負郭桑麻秋課重。十角黃牛，分得山田種。鄉社雞豚人與共，春風漸入浮蛆甕。　遶屋清溪醒午夢。一榻翛然，坐受雲山供。四海虛名將底用，一聲啼鳥巖花動。

又如〈江城子〉亦云：

> 草堂瀟灑淅江頭。傍林丘。買扁舟。隔岸紅塵，無路近沙鷗。枕上有書尊有酒，身外事，更何求。……

從這些詞中，都可以見出他不慕榮利，超然物外的眞性情。

正大八年（1231）遺山服除，再起爲南陽令（今河南南陽縣）。〔註 60〕同年四月，蒙古攻下陜西鳳翔府，遺山既悲國運，〔註 61〕旋又遭喪偶之痛，〔註 62〕而其三亦因失怙之悲，病瘁逾年而卒。〔同註 62〕他逢此大故，迭遭打擊，曾有〈三奠子〉詞云：

> 悵韶華流轉，無計流連。行樂地，一淒然。笙歌寒食後，桃李惡風前。連環玉，迴文錦，兩纏綿。　芳塵未遠，幽意誰傳？千古恨，再生緣。閑衾香易冷，孤枕夢難圓。西窗雨，南樓月，夜如年。

〔註 58〕《遺山集》卷一頁 6〈新齋賦序〉。

〔註 59〕《遺山集》卷三六頁 416〈東坡詩雅引〉。

〔註 60〕《遺山集》卷三十三頁 369〈鄧州新倉記〉（作於正大八年）自署爲「南陽令」。又詳參《遺山集》卷三頁 37〈宛丘嘆〉自注。

〔註 61〕遺山聞鳳翔失陷，曾寫了有名的喪亂詩〈岐陽〉三首，其中有云「窮途老阮無奇策，空望岐陽淚滿衣」；又云：「岐陽西望無來信，隴水東流聞哭聲。野蔓有情縈戰骨，殘陽何意照空城。」是字字痛切，聲淚俱下的感人之作。

〔註 62〕《遺山集》卷二十五頁 282〈孝女阿秀墓銘〉。

由於任內甚有勞績，同年（1231）八月遂召爲尚書都省掾。〔註63〕他雖官位高遷，可是〈辛卯八月京都〉詩卻說：「四壁秋虫夜語低，南窗孤客枕頻移。野情自與軒裳隔，旅食難堪日月遲。」可見他內心的孤獨痛苦。

蒙古大軍於攻佔關中後，旋又進逼河南。哀宗開興元年（1232）正月，大將速不臺率兵圍攻汴京，金兵力戰，至於同年十二月，汴京糧盡援絕，哀宗乃奔歸德（今河南商丘）。時遺山改任左司都事，留守汴京圍城中，不僅知友零落，〔註64〕又見國家無法避免的覆亡命運，心中悲苦無告，乃就所見所感，賦成有名的〈壬辰十二月車駕東狩後即事〉詩五首，有「慘澹龍蛇日鬥爭，干戈直欲盡生靈。高原水出山河改，戰地風來草木腥」，及「精衛有冤塡翰海，包胥無淚哭秦庭」，及「喬木他年懷故國，野煙何處望行人。秋風不用吹華髮，滄海橫流要此身」之句，悲憤絕望，千載之下，猶聞其喑嗚聲。而當時處境之艱難，他的〈玉漏遲・壬辰圍中，有懷淅江別業〉詞有云：

> 淅江歸路渺。望西南仰羨，投林高鳥。升斗微官，世累苦相縈繞。不入麒麟畫裡，又不與、巢由同調。時自笑。虛名負我，平生吟嘯。　　擾擾馬足車塵，被歲月無情，暗消年少。鍾鼎山林，一事幾時曾了。四壁秋虫夜語，更一點、殘燈斜照。青鏡曉。白髮又添多少？

重圍中的幽憤之情，又以慢聲出之，眞令人爲之掩仰低徊。

天興二年（1233）春，金汴京守將崔立以城降蒙古，〔註65〕六

〔註63〕李光廷《廣元遺山年譜》卷上頁29。

〔註64〕《中州集》卷六頁220〈冀禹錫小傳〉云：「希（雷淵）沒於正大辛卯（八年）之八月，年四十八。澤（王渥）沒於明年之七月，年四十七。欽（李欽叔）沒於其年十一月，年四十一歲。京（冀禹錫）沒於又明年（即壬辰）之三月，年四十二歲。蓋不二三年而五人者惟不肖在耳，感念平昔，不覺流涕之被面也。」遺山另有〈四哀詩〉，見《詩集》卷九頁417～421，語極沈痛。

〔註65〕詳見《金史》卷十八〈哀宗本紀〉下，及卷一百一十五〈崔立傳〉。

月，金哀宗又奔蔡州（今河南汝南）。次年（1234）正月九日，哀宗禪位予宗室東面元帥完顏承麟，是爲末帝。次日，蔡州城破，哀宗自縊，末帝亦遇害，金遂亡。〔註66〕時遺山年四十五歲。

遺山自三十五歲出仕，至此前後約十年，由於「性格與世多忤」（〈南冠錄引〉），故仕隱無定；金亡後，尤其不願身事異族，遂終身不涉仕途。

（四）中晚年——由四十五歲至六十八歲卒，以著述存史自任。

當崔立以汴京納降蒙古，統帥速不臺主張全面屠城，中書令耶律楚材力爭不可，太宗窩闊臺乃決定將金朝百官及三教九流等，先集中山東、河北等地，再徐圖善後。〔註67〕遺山因此被押解至聊城（今山東歷城縣）。就在他離開汴京前，特地寫了一封八百餘字的〈癸巳歲寄中書耶律公書〉，送呈耶律楚材。〔註68〕主旨在推薦五十四位人才，請耶律楚材選用，其要如下：

> 凡此諸人，雖其學業操行參差不齊，要之皆天下之秀，存用於世者也……天生之難，成之又難，乃今不死於兵，不死於寒饑，造物者挈而授之維新之朝，其亦有意乎？無意乎？誠以閣下之力，使脫指使之辱，息奔走之役，聚養之，分處之……他日閣下求百執事之人，隨左右而取之，衣冠禮樂，紀綱文章，盡在於是，將能少助蕭曹丙魏房杜姚宋之功乎？

從這封信中，可以見出，他面對時代的驚濤狂瀾，更體認出文化生命延續的重要。所以他說「衣冠禮樂，紀綱文章，盡在於是」，就是希望借人才之見用，而維傳統文化於不墜。後來這五十四人，十九都獲得安排與重用，有相當卓越的表現，對日後元朝文治的建

〔註66〕詳見《金史》卷十八〈哀宗本紀〉下。

〔註67〕詳見《元史》卷一百四十六〈耶律楚材傳〉。

〔註68〕遺山於哀宗天興二年四月廿九日離開汴京，五月三日渡河，而他是在四月二十二日將信送呈耶律楚材，可確定是在北渡前。

設，有很大的貢獻，〔註69〕而這些不能不佩服遺山保全文化命脈的卓識及遠見。

天興二年四月廿九日，遺山被押解離開汴京，在赴聊城途中，目睹破碎的山河，苦難的百姓，悲憤地寫下了〈癸巳五月三日北渡〉詩：

> 道旁僵臥滿纍囚，過去旃車似水流。紅粉哭隨回鶻馬，爲誰一步一回頭？（其一）
>
> 白骨縱橫似亂麻，幾年桑梓變龍沙。只知河朔生靈盡，破屋疏煙卻數家。（其二）

這眞與杜甫的〈三吏〉〈三別〉等詩，同一紀實，同一慷慨沈鬱、悲涼痛切之作。

遺山到聊城後，過的是「去年住佛屋，盡室寄尋丈」，「一冬不製衣，繒纊如紙薄。一日僅兩食，強半襍藜藿」（〈學東坡移居〉）的艱苦生活，所以不禁喟嘆「一線微官誤半生」（〈南鄉子〉）。同時骨肉流離，思念之餘，他也說「孤影伴殘燈，萬里燈前骨肉情」（〈南鄉子〉）。而身世、家事、國事，在在使坐困愁城的他「短髮搔來看欲盡，天明，能是青青得幾莖？」（〈南鄉子〉）

在聊城被羈管了兩年，當聽到金朝滅亡的消息，孤臣遺老無力迴天，他寫下了亡國悲痛之音：

> 暗中人事忽推遷，坐守寒灰望復燃。已恨太官餘麴餅，爭教漢水入膠船。神功聖德三千牘，大定明昌五十年。甲子兩週今日盡，空將衰淚灑吳天。（〈甲午除夜〉）

悲憤沈痛之餘，也激起了他立志保存金源一代文獻之使命，他編了《壬辰雜編》以記金末喪亂的情形。又鑒於中州詩人成就輝煌，若不及時加以採集，恐將毀於兵燹之中，是以他雖處於被羈管之中，仍奮力編成《中州集》十卷，《中州樂府》一卷，以存金源一代詩詞。他採用

〔註69〕詳見姚從吾〈金元之際元好問對保全中原傳統文化的貢獻〉見《大陸雜誌》卷二六期三，及〈元好問癸巳上耶律楚材書的歷史意義與書中五十四人行事考〉見《台大文史哲學報》第十九期。

人、事、作品三者兼顧的體例，姓名之下，各列小傳，並往往旁及時事，其下再錄詩詞，大旨是「以詩詞存史」，他說：

> 平世何曾有稗官，亂來史筆亦燒殘。百年遺藁天留在，抱向空山掩淚看。(〈自題中州集〉)

可見他的一片苦心孤詣了。《中州集》共採錄二百四十九人詩，所錄多氣格遒上，後世多以詩史許之，影響之大，不但金史多所採用，〔註70〕且成爲清郭元釪奉勅編《全金詩》之藍本，〔註71〕而錢牧齋的《列朝詩集》也是仿之而作。〔註72〕《中州樂府》則收詞三十六家，一百二十四首，爲今存之唯一金詞總集。〔註73〕他去取頗嚴，乃存一代詞，並見北方之流別，〔註74〕可見遺山保存文獻之功了。

蒙古太宗七年（1235），遺山獲釋，從此過著遺民的生活。他先自聊城遷居冠氏（今山東冠縣），依冠氏令趙天錫，兩年後，四十八歲的遺山，始返闊別了二十年的忻州故鄉。他的〈感皇恩〉詞說：

> 夢寐見并州，今朝身到。未怕清汾照枯槁。百年狂興，盡與家山傾倒。黑頭誰辨得，歸來早。……

心情之激動，溢於言表。重返家園，丘山之恨，滄桑之感，紛至遝來，他不禁感嘆：「眼中華屋記生存，舊事無人可共論」(〈初挈家還讀書山雜詩〉)，「南渡衣冠幾人在，西山薇蕨此生休」(〈太原〉)。而歷劫歸來的欣慰與辛酸，更在「并州一別三千里，滄海橫流二十年。休道不蒙稽古力，幾家兒女得安全。」(〈初挈家還讀書山雜詩〉)詩中，流露無遺。

回到故居後，在晚年的二十個春秋裡，他更積極地從事著述存史的工作。他說：

〔註70〕詳見文淵閣四庫本《中州集提要》。
〔註71〕詳見清郭元釪奉勒編《全金詩序》。
〔註72〕詳見清錢謙益《列朝詩集自序》。
〔註73〕張子良先生《金元詞述評》頁14。
〔註74〕見《詞話叢編》冊五，頁4960，陳匪石《聲執》卷下。

> 國史經喪亂，天幸有所歸。但恨十年後，時事無人知……，
> 造物留此筆，吾貧復何辭。(〈學東坡移居八首之七〉)

他認爲「金源氏有天下，典章制度，幾及漢唐，國亡史興，己所當爲。」〔註 75〕所以急欲編撰國史，他曾對好友說：「此書成，雖溘死道邊無恨矣。」〔註 76〕可見其志意及決心了。他曾前往順天張柔家索取金國實錄，〔註 77〕以爲撰述時參稽之用，卻爲樂夔所沮而罷。〔註 78〕然而他依然在忻州家中構築「野史亭」，採摭有關金朝君臣之言行事蹟，終年無分寒暑，奔走於太行山兩麓，及河南、河北等地，〔註 79〕每有所聞，必以寸紙細字親爲記錄，多至百餘萬言，〔註 80〕可惜書未成而卒。後來元人修金史，多本其所著，史學上的貢獻不可謂不大。〔註 81〕

遺山四處搜集遺文佚事，目睹各地景物依舊，人事全非，眞所謂「蕩蕩青天非向日，蕭蕭春色是他鄉」(〈徐威卿相過留二十許日將往高唐同李輔之贈別〉)，所以吟詠之間，黍離麥秀之感，頻添無限蕭瑟悲涼，如：

> 問柳尋花，津橋路、年年寒節。佳麗地、梁園池館，洛陽城闕。白鶴重來人世換，淒涼一樹梅花發。記水南、昨暮賞春回，今華髮。　　金鏤曲，龍香撥。雲液暖，瓊杯滑。料羈愁千種，不禁揪豁。老眼只供他日淚，春風竟是誰家物。恨馬頭、明月更多情，尋常缺。(〈滿江紅‧再過水南〉)

〔註 75〕〈遺山墓誌銘〉。

〔註 76〕《遺山集》卷三十九頁 448〈與樞判白兄書〉。樞判白兄即白樸之父白華（文舉）。

〔註 77〕〈遺山墓誌銘〉。並參《金史》卷一二六本傳與《元史》卷一四七〈張柔傳〉。

〔註 78〕《金史本傳》。又姚從吾先生在〈癸巳上耶律楚材書的歷史意義與書中五十四人行事考〉一文中推測，樂夔之阻止遺山修史，乃勸其「愼言」。

〔註 79〕遺山〈己亥元日詩〉云：「野史繞張本，山空未買鄰。不成騎瘦馬，還更入紅塵。」

〔註 80〕〈遺山墓誌銘〉及〈金史本傳〉。

〔註 81〕《四庫全書總目提要》卷一六六別集類十九《遺山集》條下云：「今壬辰雜編諸書雖已無傳，而元人修史多本所著，故於三史（遼金宋）猶稱完善。」

又如：

> 青青。故都喬木，悵西陵、遺恨幾時平。安得參軍健筆，爲君重賦蕪城。(〈木蘭花慢‧遊三臺〉二首之一)
>
> 記海上三山，雲中雙闕，當日南城。黃星。幾年飛去，澹春陰、平野草青青。冰井猶殘石甃，露盤已失金莖……(〈木蘭花慢‧遊三臺〉二首之二)

此等詞作，字字眞摯，讀之令人低徊不已，是遺山詞中絕唱，非飽經憂患，實不能臻此境界。

遺山晚年，除致力於著述存史外，同時亦爲保存文化，復興儒學而奔走努力。他經常與隱居河北眞定封龍山，聚徒講學的好友李治（仁卿），〔註 82〕及另一好友張德輝，相與講論學問，時號「封龍三老」。〔註 83〕他們談論的內容，著重在如何闡揚孔孟之道，及說服新朝任用賢能的方法。〔註 84〕蒙古定宗二年（1247），張德輝被召北行，力闢忽必烈「金以儒亡」之說，並極力宣揚儒道。〔註 85〕到了憲宗二年（1252），遺山更以六十三歲之高齡，與張德輝北覲，奏請忽必烈爲儒教大宗師，忽必烈終於欣然接受，並應允「蠲免儒戶兵賦」的要求。〔註 86〕足見他保全文化、宏揚儒學的努力，是至老不衰的。

隨著金亡日久，局勢漸趨安定，他晚年的心境也漸漸回歸平澹，過著平靜自然的生活。所以下面這首〈人月圓〉詞寫道：

> 重岡已隔紅塵斷，村落更年豐。移居要就，窗中遠岫，舍後長松。　十年種木，一年種穀，都付兒童。老夫唯有，醒來明月，醉後清風。

〔註 82〕詳見元蘇天爵《元朝名臣事略》卷十三頁 5，〈內翰李文正公事略〉，並參《元史》卷一百六十〈李治傳〉。

〔註 83〕同上卷十頁 11，〈宣尉使張公德輝事略〉，並參《元史》卷一百六十三〈張德輝傳〉。

〔註 84〕同註 69。

〔註 85〕同註 83。

〔註 86〕同註 83。

遠岫、長松，是他一生高潔的志意與情操；清風、明月，更象徵了他老年平靜澄澈的心懷，而這一代偉人，就在蒙古憲宗七年（1257）九月四日，溘然長逝於河北眞定的獲鹿（今河北獲鹿），〔註 87〕享年六十八歲。

綜觀元遺山的一生，他擅詩、詞、古文，於十三世紀初葉，獨步北方文壇。他著述甚多，計有：《金源君臣言行錄》（未完稿）、《壬辰雜編》（手稿）、《帝王鏡略》（不明卷數）、《南冠錄》（不明卷數）、《千秋錄》（不明卷數）、《故物譜》（不明卷數）、《續夷堅志》四卷、《元氏集驗方》一卷、《中州集》十卷附《中州樂府》一卷、《遺山集》四十卷、《遺山樂府》三卷、《錦機集》一卷、《詩文自警》十卷、《唐詩鼓吹》十卷、《杜詩學》一卷、《東坡詩雅》二卷、《東坡樂府集選》（不明卷數）等。〔註 88〕今除《中州集》、《中州樂府》、《唐詩鼓吹》、《續夷堅志》及《遺山集》、《遺山樂府》等流傳於世外，餘皆散佚或僅存序引，殊爲可惜。

遺山晚年，聲望卓著，而且「性樂易，好獎掖後學，春風和氣，隱然眉睫間，未嘗以行輩自尊，故所在士子從之如市」。〔註 89〕一時郝經、王惲、許楫，〔註 90〕均出其門下；而麻革與段克己等河汾遺老，亦從之遊，〔註 91〕對金元之際的文風學脈，頗有鼓動振興之效。其後，元劉因、吳澄，更私淑遺山。〔註 92〕一代宗師，對後世的開導影響，不可謂不大了。

遺山生於官宦文學世家，自幼有賢父母之教養提攜，名師之悉心指授。及長，與一時名士如雷淵、李獻能等論學交游，又出自一代文宗楊、趙之門，其學養器識，自不同凡俗。早年的任官出仕，能以氣

〔註 87〕〈遺山墓誌銘〉。

〔註 88〕詳參李長生《元好問研究》第四章〈元好問的著述與研究〉。

〔註 89〕見《詩集》頁 3 序例之〈徐世隆遺山文集序〉。

〔註 90〕《山西通志》卷一二七頁 22。

〔註 91〕詳見元房祺編《河汾諸老詩集》後序。

〔註 92〕元劉因《靜修文集》。

節自守，憂國憂民，心力交瘁。中年之後，遭遇國變，一則抗節不仕，顛頷南冠二十餘年；一則關心文化，以著述存史自任，其品行志節，可謂遠有過人之處。知人論世，元遺山以此家世背景，生平經歷，於救亡著述之餘而發之於詞，則其詞風的形成與成就，自然提供可以考知的線索了。

第三章　元遺山論詞主張

遺山論詩的意見很多，除了有名的論詩絕句三十首之外，還有不少散見於其詩文集中。〔註1〕至於論詞的意見，則僅在〈遺山自題樂府引〉、〈東坡樂府集選引〉及〈新軒樂府引〉等篇序引中有所發抒。雖內容有限，也不是有系統的專門之作，但仔細推敲，卻有相當見解及價值；尤其可做爲探討遺山樂府內涵境界、技巧特色及主體風格之絕佳依據。故本章首先就其論詞主張，一一爬梳整理，並立綱領，以清眉目。又遺山其它論詩文字中，有可以參考補充者，亦一併列入討論。至於有學者因單引遺山一二評論語，致與其整體文學主張有出入者，亦爲之辨證說明，希望借此使遺山對詞的觀點、立場，能以較清楚，有條理的面貌呈現，並做爲以下探討《遺山樂府》的主要憑藉。

茲爲論述的方便，將遺山論詞的三篇文字，依作成的先後引述於下：

〔註1〕其餘論詩的如《詩集》卷十三的〈感興〉四首、〈自題中州集後〉五首，卷十四〈答俊書記學詩〉一首及〈論詩〉三首；此外，更借選詩而顯示批評眼光的如：《唐詩鼓吹》、《中州集》等，至於著作已佚，而能於序跋或其他資料顯示批評觀點的如：《杜詩學》、《東坡詩雅》、《錦機》、《詩文自警》；另外亦有於序跋記引中，或議論、或評騭前代或當代詩家的作品，如卷三十六的〈楊叔能小亨集引〉、〈如庵詩文序〉、卷三十七的〈陶然集序〉、〈木庵詩集序〉、以及《中州集》小傳，皆借當代詩人而引發其詩學主張；卷四十的〈跋東坡和陶淵明飲酒詩後〉，大談東坡和陶詩，這些都是研究遺山詩學批評的素材。

（一）〈遺山自題樂府引〉

世所傳樂府多矣，如山谷漁父詞：「青蒻笠前無限事，綠蓑衣底一時休，斜風細雨轉船頭。」陳去非懷舊云：「憶昔午橋橋下飲，坐中都是豪英。長溝流月去無聲。杏花疏影裡，吹笛到天明。　　二十年來成一夢，此身雖在堪驚。閒登小閣賞新晴。古今多少事，漁唱起三更。」又云：「高詠楚辭酬午日，天涯節序匆匆。榴花不似舞裙紅。無人知此意，歌罷滿簾風。　　萬事一身傷老矣，戎葵凝笑牆東。酒杯深淺去年同。試澆橋下水，今夕到湘中。」如此等類，詩家謂之言外句，含咀之久，不傳之妙，隱然眉睫間，惟具眼者乃能賞之。古有之：人莫不飲食，鮮能知味。譬之羸悖老羝，千煑百鍊，椒桂之香，逆於人鼻，然一吮之後，敗絮滿口，或厭而吐之矣。必若金頭大鵝，鹽養之再宿，使一老奚知火候者烹之，膚黃肪白，愈嚼而味愈出，乃可言其雋永耳。歲甲午，予所錄《遺山新樂府》成，客有謂予者云：「子故言宋人詩大概不及唐，而樂府歌辭過之，此論殊然。樂府以來，東坡為第一，以後便到辛稼軒，此論亦然。東坡、稼軒即不論，且問遺山得意時，自視秦、晁、賀、晏諸人為何如？」予大笑，拊客背云：「那知許事，且啖蛤蜊。」客亦笑而去。十月五日太原元好問裕之題。

此篇不見於四庫本《遺山集》，而見於彊村本所收之《遺山樂府》卷首。文中有「歲甲午」字樣，甲午為金哀宗天興三年（1234），可知作於遺山四十五歲。按甲午前一年，乃天興二年癸巳，時金哀宗奔蔡州，而汴京守將崔立以城降蒙古。是年四月，遺山為蒙古軍押解至山東聊城，本篇當即作於聊城，亦可知遺山於四十五歲即著手於詞集之編定。而今傳之《遺山樂府》所收詞，有甲午以後之作，對這問題，吳庠《遺山樂府編年小箋》認為：「厥後遺山既歿，越五年，中統壬戌，東平嚴侯之弟忠傑為刻全集……樂府卷數雖不可知，要必取甲午以後所作編入，殆無可疑。編成仍冠以自題引言，於是樂府與引言不相蒙矣。」這個說法應該是可以採信的。

（二）〈東坡樂府集選引〉

絳人孫安常注坡詞，參以汝南文伯起小雪堂詩話，刪去他人所作無愁可解之類五十六首，其所是正，亦無慮數十百處，坡詞遂爲完本，不可謂無功。然尚有可論者：如古岸開青葑〈南柯子〉，以末後二句，倒入前篇，此等猶爲未盡，然特其小小者耳。就中「野店雞號」一篇，極害義理，不知誰所作，世人誤爲東坡，而小說家又以神宗之言實之，云神宗聞此詞不能平，乃貶坡黄州，且言：「教蘇某閑處袖手，看朕與王安石治天下。」安常不能辨，復收之集中。如「當時共客長安，似二陸初來俱妙年。有胸中萬卷，筆頭千字，致君堯舜，此事何難。用舍由時，行藏在我，袖手何妨閒處看」之句，其鄙俚淺近，叫呼衒鬻，殆市駔之雄，醉飽而後發之，雖魯直家婢僕且羞道，而謂東坡作者，誤矣。又前人詩文，有一句或一二字異同者，蓋傳寫之久，不無訛謬，或是落筆之後，隨有改定，而安常一切以別本爲是，是亦好奇尚異之蔽也。就孫集錄取七十五首，遇語句兩出者，擇而從之，自餘「玉龜山」一篇，予謂非東坡不能作，孫以爲古詞，刪去之，當自別有所據，姑存卷末，以俟更考。丙申九月朔，書於陽平寓居之東齋，元某引。

此篇見於四庫本《遺山集》卷三十六，篇末有「丙申九月朔，書於陽平寓居之東齋」。按丙申爲蒙古太宗八年（1236），時遺山四十七歲。而陽平者，即山東冠氏縣，〔註2〕是年遺山已由被羈管之聊城，遷居冠氏縣，依冠氏令趙天錫，此篇當即作於其時。

（三）〈新軒樂府引〉

唐歌辭多宮體，又皆極力爲之。自東坡一出，情性之外不知

〔註2〕據凌廷堪《元遺山先生年譜》：「冠氏縣爲漢館陶縣地，宋書州郡志，魏分東郡及魏郡爲陽平郡，治館陶縣，故先生每稱冠氏爲陽平」。又繆鉞《元遺山年譜彙纂》，亦採此說。

有文字，眞有「一洗萬古凡馬空」氣象。雖時作宮體，亦豈可以宮體槩之。人有言：樂府本不難作，自東坡放筆後便難作，此殆以工拙論，非知坡者。所以然者，詩三百所載，小夫賤婦幽憂無聊賴之語，特猝爲外物感觸，滿心而發，肆口而成者耳。其初，果欲被管弦，諧金石，經聖人手，以與六經並傳乎？小夫賤婦且然，而謂東坡翰墨遊戲，乃求與前人角勝負，誤矣。自今觀之，東坡聖處，非有意於文字之爲工，不得不然之爲工也。坡以來，山谷、晁無咎、陳去非、辛幼安諸公，俱以歌辭取稱；吟詠情性，留連光景，清壯頓挫，能起人妙思。亦有語意拙直，不自緣飾，因病成妍者，皆自坡發之。近歲新軒張勝予亦坡發之者與。新軒三世遼宰相家，從少日滑稽玩世，兩坡二棗所謂入其室而啖其炙者，故多喜而謔之之辭。及隨計兩都，作霸諸彥，時命不偶至，得輔掾中臺。時南狩已久，日薄西山，民風國勢有可爲太息流涕者，故又多憤而吐之之辭。予與新軒，臭味既同，而相得甚驩，或別之久而去之遠，取其歌辭讀之，未嘗不灑然而笑，慨焉以嘆，沈思而遠望，鬱搖而行歌，以爲玉川子嘗孟諫議貢餘新茶，至四盌發輕汗時，「平生不平事，盡向毛孔散」，眞有此理。退之聽穎師彈琴云：「昵昵兒女語，恩怨相爾汝。忽然變軒昂，勇士赴敵場」，吾恐穎師不足以當之。予既以此論新軒，因說向屋梁子。屋梁子不悅曰：「麟角、蘭畹、尊前、花間等集，傳播里巷，子婦母女，交口教授，媱言媟語，深入骨髓，牢不可去，久而與之俱化。浮屠家謂筆墨勸淫，當下犁舌之獄，自知是巧，不知是業，陳後山追悔少作，至以語業命題，吾子不知耶？離騷之悲回風、惜往日，評者且以露才揚己，怨懟沈江少之。若孤憤、四愁、七哀、九悼，絕命之辭，窮愁志、自憐賦，使樂天知命者見之，又當置之何地耶？治亂，時也；遇不遇，命也。衡門之下，自有成樂，而長歌之哀，甚於痛哭，安知憤而吐之者，非呼天稱屈耶！世方以此病吾子，子又以及新軒，其何以自解？」予謂屋梁子言：「子頗記謝東山對右軍哀樂語乎？年在桑榆，正賴絲竹陶寫，但恐兒輩覺，損此歡樂趣耳。東山以不應道此語，果使兒輩覺，老子樂趣遂稍減耶？」君且道：「如詩仙王南雲所說，大美年賣珠樓前風物，彼打硬頭陀與長三者三禮何嘗夢見。」歲在甲寅十月望日，河東元某題。

此篇見於四庫本《遺山集》卷三十六。篇末題曰「歲在甲寅」，則作於蒙古憲宗四年（1254），時遺山六十五歲，已返山西秀容故居，故自稱「河東元某」。

以上三段文字，皆出於遺山中晚年之手，應足以代表他成熟期的見解，故用以歸納其詞學主張，自有相當價值。以下即據之以整理其論詞要旨。

一、論詞之特質

遺山看待詞這種文體，即詞之所以爲詞的特質，有其深刻的體認。他在〈自題樂府引〉中，引黃庭堅〈浣溪沙〉，〔註3〕陳與義〈臨江仙〉後云：「如此等類，詩家謂之言外句，含咀之久，不傳之妙，隱然於眉睫間。」同時他又以品嚐佳餚來形容詞作之佳者，所謂「愈嚼而味愈出，乃可言其雋永耳。」可見他認爲詞以含蓄蘊藉，情味雋味，幽約深長者爲上。另一方面，他又於〈東坡樂府集選引〉中，謂「野店雞號」一篇，〔註4〕乃「鄙俚淺近，叫呼衒鬻，殆市駔之

〔註3〕此首遺山於〈自題樂府引〉中稱爲「山谷漁父詞」，經查唐圭璋《全宋詞》所錄，應係「浣溪沙」，全文如下：「新婦灘頭眉黛愁，女兒浦口眼波秋，驚魚錯認月沈鉤。　青蒻笠前無限事，綠蓑衣底一時休，斜風吹雨轉船頭。」末句「斜風吹雨」，遺山引做「斜風細雨」，蓋一時誤記，或傳鈔之出入。

〔註4〕所謂東坡「野店雞號」一篇，是指東坡〈沁園春·赴密州，早行，馬上寄子由〉。全詞如下：「孤館鐙青，野店雞號，旅枕夢殘。漸月華收練，晨霜耿耿，雲山摛錦，朝露團團。世路無窮，勞生有限，似此區區長鮮歡。微吟罷，凭征鞍無語，往事千端。　當時共客長安，似二陸初來俱少年。有筆頭千字，胸中萬卷，致君堯舜，此事何難。用舍由時，行藏在我，袖手何妨閒處看。身長健，但優游卒歲，且鬥尊前。」遺山引文與此亦稍有出入。此詞爲東坡早期的長調之作，寄贈對象是久未見面的親弟子由。兩人多年鬱結，無處

雄，醉飽而後發之者」，可見他忌諱詞的粗率叫囂，鄙俚淺近，直露無餘。由以上正負兩面的批評對照參看，則遺山是主張詞應以幽約深長的情感爲內容，並出以含蓄蘊藉的語言，最忌的是鄙俚淺近，詞語粗率直露。

再進一步考察，他所謂「含咀之久，不傳之妙，隱然於眉睫間」，舉的例證，一是黃山谷的〈浣溪沙〉，一是陳去非的兩首〈臨江仙〉。前者主要表現了一種蕭疏曠達的情懷，尤其是結句以「斜風細雨轉船頭」來比喻萬事消歇的心境，情景交融，意在言外。後者〈臨江仙〉「憶昔午橋橋下飲」一首，〔註5〕是陳與義傳世的名篇，作於南渡播遷，艱苦備嘗之後，詞中回憶往事，百感交集，沈鬱悲涼。然並未直寫事實，而是以空靈的筆法，唱歎出之。上半闋追懷洛陽舊遊，其中名句「杏花疏影裡，吹笛到天明」，是寫渺如雲煙的往事在記憶中的再現。下半起句「二十餘年如一夢，此身雖在堪驚」，則說到當前，而南北宋間無限國事滄桑，知交零落，也盡蘊其中，內容極充實，而用筆極空靈。結拍「閒登小閣」三句，則宕開生姿，將沈摯的家國身世之悲，化爲「看新晴」、「聽漁唱」的曠達，實則無限的深情悲慨，盡寓其內，自有深長不盡的餘味。此詞後代佳評不少，〔註6〕亦可見遺山的評選眼光。而另外「高詠楚辭酬午日」一首詠端午，也同爲力作。遺山將此三篇，從「世所傳樂府多矣」中選出來，做爲論詞的例證，即可證明他對詞的特質、作法，體會深刻。

可訴，故前半先述旅況的寂寥，寫景如畫，欲言又止；後半則縱筆直抒，痛快淋漓，較無一般所謂含蓄之致。而遺山平日極推崇東坡詞，故疑非東坡所作，其實爲東坡之作無疑。

〔註 5〕此篇首句「憶昔午橋橋下飲」，一般多作「憶昔午橋橋上飲」，恐是遺山記憶之誤。

〔註 6〕如劉熙載《藝概》云：「陳去非……〈臨江仙〉「杏花疏影裡，吹笛到天明」，此因仰承「憶昔」，俯注「一夢」，故此二句不覺豪酣，轉成悵悒，所謂好在句外者也。」彭孫遹《金粟詞話》亦云：「詞以自然爲宗，但自然不從追琢中來，亦率易無味。如所云「絢爛之極，仍歸平淡……」若《無住詞》之「杏花疏影裡，吹笛到天明」，自然而然者也。」

除此之外，遺山於〈自題樂府引〉的篇末又云：「樂府以來，東坡爲第一，以後便到辛稼軒。」由他對蘇辛詞的推崇，足見他所推重稱許的詞，都是所謂的「詩化之詞」，〔註 7〕都有「以詩爲詞」的特色。〔註 8〕而中國歌詞的發展，據葉嘉瑩先生的說法，大致可分爲三階段：第一階段由晚唐五代至北宋初期，大致是屬於歌辭之詞的發展。第二階段由東坡開端，以詩筆爲詞，抒情寫志的詩化之詞開始發展。第三階段則由周邦彥起，用賦筆爲詞，於是重舖陳勾勒，以思力安排的賦化之詞萌芽茁壯。此三類型的詞，由於詞風各有特色，是以針對各類型詞所生發的詞學理論，亦自各有不同。如李清照的《詞論》，從協律與稱體兩方面來談所謂的「別是一家」，〔註 9〕是站在歌辭之詞的立場發言；而沈義父《樂府指迷》、張炎《詞源》，皆特重寫作之技巧安排，如論起結與過片之關係、字面的鍛鍊、句法的安排、詠物用事的技巧等等，乃針對賦化之詞發揮的理論；而遺山所稱許、並據以爲創作標準的，則爲詩化之詞，殆無可疑。而詩化之詞之佳者，誠如繆鉞先生所說：「以作詩的筆法運用到塡詞中去，而又能保持詞的情韻意味，那麼這些作品，雖然缺少許多詞作中那種隱約幽微，煙水迷離之致，然而疏快明暢，也自有其可取之處。」〔註 10〕也正如葉嘉瑩先生所說：「詩化之詞，其下者，固在不免有浮率叫囂之弊，而其佳者，則往往能於天風海濤之曲中，蘊含幽咽怨斷之音，且能於豪邁中見沈鬱，是以雖屬豪放詞，仍能有曲折含蘊之美。」〔註 11〕所以從詩化之詞的角度來評此一類型作品，則遺山的理論觀點，不惟不嫌粗疏，反

〔註 7〕爲了論說的方便，以下借用葉嘉瑩先生《中國詞學的現代觀》第一節〈從中國詞學傳統看詞的特質〉的說法，將詞就發展之過程分爲三階段，分別爲「歌辭之詞」、「詩化之詞」、及「賦化之詞」，此乃相對之說法，而非絕對之分法。

〔註 8〕如王灼《碧雞漫志》卷二論宋人詞，即云：「陳去非佳處，亦如其詩。」

〔註 9〕見林玫儀〈李清照詞論評析〉一文，《淡江學報》二十三期，74 年 10 月。

〔註 10〕見繆鉞、葉嘉瑩合撰之《靈谿詞說》頁 356「論陳與義詞」。

〔註 11〕同註 7。

而稱得上言簡意賅，掌握精確，有其深到之處了。

二、推尊蘇辛、詞主情性

遺山於〈自題樂府引〉云:「樂府以來，東坡為第一，以後便到辛稼軒。」可見他在眾多詞人中，最推尊蘇、辛二家。這評論觀點當然與他推重「詩化之詞」的角度有關。而他又在〈新軒樂府引〉中進而說道:「唐歌辭多宮體，又皆極力為之。東坡一出，情性之外不知有文字，眞有一洗萬古凡馬空氣象，雖時作宮體，亦豈可以宮體概之。」可知他推崇蘇辛二家詩化之詞的原因，就在於他們的作品中有眞性情，眞生命，有他們獨特的形象在，即所謂的「詞如其人」。他們的詞品、詞風，就是他們性情風格的一種表徵；他們的作品所抒寫的，就是他們性情襟抱，志意理念的如實呈現。因此如蘇辛此等大家在事與情遇，境與心合的情況下，滿心而發的，都是深厚的德行學養，豐富的生活閱歷，通透的人生體悟的自然流露。因此「情性之外不知有文字」的作品，也自然產生了「一洗萬古凡馬空」的高妙氣象。而所謂的「宮體」，則是指一般的「剪紅刻翠」之詞，「緣情綺靡」之作。至於說東坡「雖時作宮體，亦豈可以宮體概之」，則更明指，大家手筆非不能為「綺羅香澤」之宮體，實則一般宮體遠不能及這些以生命之志意理念來寫，充滿感發力量的形似宮體作品。所以遺山又以「清壯頓挫，能起人妙思」來稱贊東坡一派作家的作品，同樣具有感發人心的力量。同時他更以「灑然而笑，慨焉以嘆，沈思而遠望，鬱搖而行歌」，來形容這類作品內蘊的感發力量，眞可使人「平生不平事，盡向毛孔散」，也使他「年在桑榆」，能夠「賴絲竹陶寫」，而得「歡樂之趣」。當然，能陶寫性靈的詞章，能使人獲得生命中歡樂之趣的詞章，又非「情性之外不知有文字」的佳構莫屬。因此，遺山推重詩化之詞，又以東坡、稼軒之作為最上，實有他極深刻的體悟與感受。

遺山除推崇蘇辛為第一流作家外，他自己本身的作品，也是繼踵蘇辛，並以蘇辛的傳人自居的，這一點他雖未明說，然在〈自題樂府引〉中卻流露了這個想法。他說：「客有謂予者云：東坡稼軒即不論，且問遺山得意時，自視秦、晁、賀、晏諸人爲何如？予大笑，拊客背云：那知許事，且噉蛤蜊。」這段話中的「那知許事，且噉蛤蜊」，是出自《南史・王融傳》云：「（融）詣王僧佑，因遇沈昭略，未相識，昭略屢顧盼，謂主人曰：是何年少？融殊不平，謂曰：仆出於扶桑，入于暘谷，照耀天下，誰云不知，而卿此問？昭略云：不知許事，且噉蛤蜊。」沈昭略之語，蓋表示對王融夷然不屑之意。〔註12〕遺山引此，即表示了他對秦觀、晁補之、賀鑄、晏幾道諸人之詞，不予置評，同時也暗示了他以蘇辛傳人自居，對自己的「得意之作」，深自期許的態度。雖然，遺山也如東坡之「以作詩餘力塡詞」，但其詞的「字字出苦心」，應不待論了。

由遺山之推尊蘇辛，論詞特重情性，又以蘇辛傳人自居，而不願與秦、晁、賀、晏諸人並列，更可印證他是推重詩化的豪放詞，而不喜穠麗婉媚之作。是有他一貫的批評標準，與創作觀點的。

三、文字技巧之琢磨鍛鍊

遺山於〈新軒樂府引〉中特別推崇東坡詞，以爲「情性之外不知有文字」，又說「東坡聖處，非有意於文字之爲工，不得不然之爲工也。」可見他對詞的看法，特重情性之眞，殆無可疑。然除情性之外，是否不注重文字技巧之琢磨鍛鍊？是否只要「滿心而發，肆口而成」呢？關於這一點，葉嘉瑩先生的看法是：「北方金源則盛行受蘇軾影響的豪放詞，其中最重要的作者元好問即曾極力推崇蘇詞，其論詞亦重視本質而輕視技巧，即如其在〈新軒樂府引〉中，便曾提出『自東坡一出，情性之外，不知有文字，眞有一洗萬古凡馬空氣象』。」〔註13〕葉先生

〔註12〕見繆鉞〈論元好問詞〉一文，收於紀念元好問八百年誕辰學術研討會論文集。

〔註13〕同註7。

的話，若是相對於南宋格律派詞人之特重技巧安排而言，是可以成立，如果據此便認定遺山輕視技巧，則頗有商榷的必要。前引遺山論詞的意見，由於文字過於簡略，往往只提結論，而不及過程，所以我們在探討他的看法時，便應從他整體的文學創作觀念做全面深入的觀照，才能得到較客觀的結論。以下將遺山別種文學創作理論中，有可以補足相參之處，具引於下，一併討論。

如遺山〈與張仲傑郎中論文〉詩〔註14〕云：

> 文章出苦心，誰以古心爲……文須字字作，亦要字字讀。咀嚼有餘味，百過良未足。功夫到方圓，言語通眷屬。只許曠與夔，聞弦知雅曲……

又如〈杜詩學引〉〔註15〕中論杜詩云：

> 切嘗謂子美之妙，釋氏所謂學至於無學者耳。今觀其詩，如元氣淋漓，隨物賦形，如三江五湖，合而爲海，浩浩瀚瀚，無有涯涘……及讀之熟，求之深，含咀之久，則九經百氏，古人之精華，所以膏潤其筆端者，猶可髣髴其餘韻也。夫金屑丹砂，芝朮參桂，識者例能指名之，至於合而爲劑，其君臣佐使之互用，甘苦酸鹹之相入，有不可復以金屑丹砂芝參朮桂而名之者矣。故謂杜詩爲無一字無來處亦可也，謂不從古人中來亦可也。前人論子美用故事，有著鹽水中之喻，固善矣。……

再如〈陶然詩集序〉〔註16〕亦云：

> 「看似尋常最奇崛，成如容易卻艱難」，半山翁語也。「詩律傷嚴近寡恩」，唐子西語也。子西又言……作詩極艱苦，悲吟累日，僅自成篇，初讀時未見可羞處，姑置之，後數日取讀，便覺瑕纇百出，輒復取悲吟累日，反復改定……李賀母謂賀必欲嘔出心乃已，非過論也。今就子美下論之，

〔註14〕見《遺山集》卷二，頁21。
〔註15〕見《遺山集》卷三十六，頁415。
〔註16〕見《遺山集》卷三十七，頁429。

> 後世果以詩爲專門之學，求追配古人，欲不死生於詩，其可已乎？雖然，方外之學有爲道日損之說，又有學至於無學之說，詩家亦有之。子美夔州以後，樂天香山以後，東坡海南以後，皆不煩繩削而自合，非技進於道者能之乎？詩家所以異於方外者，渠輩談道，不在文字，不離文字；詩家聖處，不離文字，不在文字。唐賢所謂「情性之外不知有文字」云耳。

我們若將以上三篇文字合起來看，可知遺山是以學詩之例來說明文學創作之心路歷程。即學詩之初，應「以詩爲專門之學，力求追配古人，必死生於詩」，如杜詩之「以九經百氏，古人之精華，膏潤其筆端者」。待眞積力久，則入乎其中而出乎其外，即所謂「學至於無學」，「謂杜詩爲無一字無來處可也，謂不從古人中來亦可也」，亦即「技進於道」，「不煩繩削而自合」，如「子美夔州以後，樂天香山以後，東坡海南以後」之作，都是「詩家聖處，不離文字，不在文字」，也就是所謂「情性之外不知有文字」的眞解所在。

「情性之外不知有文字」，遺山以之喻詩，亦以之喻詞，而「詩家聖處，不離文字，不在文字」，亦即〈自題樂府引〉中所謂「詩家謂之言外句，含咀之久，不傳之妙，隱然於眉睫間」之意。是以詩詞之創作，其用心、歷程實有共通之處。只是這種譬喻說法，顯然是受到了唐代釋皎然的影響，《詩式》:「但見情性，不睹文字，蓋詣道之極也。」所以遺山亦以「情性之外不知有文字」視爲詩詞之最高境界。而欲達此最高境界，從「文須字字作」，到「不離文字，不在文字」，「不知有文字」，中間必須經過積學養氣，「讀書破萬卷」之準備工夫，再運用「悲吟累日」，「反復改定」，「必欲嘔出心乃已」的琢磨鍛鍊工夫，最後才能「技進於道」，「不煩繩削而自合」，達到「下筆如有神」的境界。這就是詩家、詞家之「聖處」，也就是東坡詞，在「非有意於文字之爲工，不得不然之爲工」的「技進於道」的情況下，達到了「情性之外不知有文字」的境界，而產生了「一洗萬古凡馬空」的高妙氣象。

由以上一段辨析可知，遺山特重情性，並認為情性之動人，亦有待苦心孤詣的琢磨鍛鍊工夫，才能真正「滿心而發，肆口而成」，「非有意於文字之為工，不得不然之為工」，最後臻於「情性之外不知有文字」的最高境界。故「情性之外不知有文字」的確解，應是表示遺山論詞的重視本質，亦重視文字技巧，只是不願如一般格律派詞人之因辭害意，或犧牲詞意以求音律一字之協罷了。若據以為他只重本質，而輕視文字技巧，則未免錯會他的深意了。

遺山論詞之主張，雖分見於散篇序引中，並非特意的專作，所以本身未能有嚴密的結構與完整的體系，然卻不失為批評觀點一致，有立場，有見解的詞學主張。

元遺山生長雲朔，在蘇學流行的金源，承北宋士大夫詞學餘緒，以寫詩的餘力填詞，是以特重詩化的爽逸豪健風格，因之其理論主張，對詞特質的體認，都是以詩化的豪放詞為最高標準，故而推尊蘇辛二家，特重有血肉的真性情之作，也因此，對一般歌詠兒女柔情的「綺羅香澤」之詞，並不看重。

遺山雖特重詩化之豪放詞，然並非詩詞不分。他主張，成功的詞，應於「超邁豪健中仍具有曲折含蘊之致」，故舉證之黃山谷〈浣溪沙〉，陳去非〈臨江仙〉等篇，無不具有含蘊深遠，耐人尋繹的情味；尤其值得強調的是，他並未因偏重詩化的豪放詞，而忽視文字技巧的琢磨鍛鍊，他一再言及「非有意於文字之為工，不得不然之為工」，「情性之外不知有文字」者，皆是指讀書力學，真積力久，使文字技巧錘鍊至爐火純青時，方能達到的境界。故其論詞，是主張有真性情，真懷抱，又能以好文字出之者，自不待言了。

至於遺山自作之詞，則「疏放之中，自饒深婉」。〔註17〕尤其晚年國亡之後，「神州陸沈之痛，銅駝荊棘之傷，往往寄託於詞」，大都

〔註17〕見劉熙載《詞概》，《詞話叢編》冊四，頁3697。

是「極往復低徊，掩抑零亂之致」，而「如此等詞，宋名家如辛稼軒固嘗有之，而尤不能若是其多也。」〔註18〕由他實際創作的成功，更可印證他論詞主張之正確與深刻了。

〔註18〕見況周頤《蕙風詞話》卷三，《詞話叢編》冊五，頁4463。

第四章　《遺山樂府》之內涵境界

第一節　生命情意的一貫本質

《遺山樂府》的內容深廣，題材豐富：或表白性情，抒寫遭遇，或悲憤國事，登臨抒感，或寄答親友，詠物題詞，無不溶生活於作品，寄深情於詞章，這與其詞篇屬「詩化之詞」有密切關係。蓋其作品內容無不是他性情襟抱，志節意念的如實體現，亦即他作品的題材內容所呈現的萬殊面貌，無一不是以生命情意的一貫本質爲基礎。所以我們探討這類詞如其人的作品，在分析各類不同題材的篇什之先，應該對他生命情意的一貫本質有相當了解，才能有確切的掌握。

我們若從「感物之心」與「感心之物」等內外兩方面觀察，「感物之心」，包含了他天生的才情性分，及後天教養環境所形成的人生觀、處世哲學；「感心之物」，則是指外在環境的順逆，生活中的現象與遭遇。而在心物交互作用，衝激振盪下，產生了各類作品中的「基調」、「本色」，也就是他生命情意的一貫本質的呈現。這正是題材內容面貌萬殊的基礎與本質所在。

遺山生長於雲朔，天稟本多豪邁英健之氣，自幼及長，有「神童」、「元才子」之譽。幼秉庭訓，嗣父格曾授之以民政，且據他自己說「我昔入小學，首讀仲尼居……少年授魯論，稍與義理俱」(〈曲阜紀行〉)。

故幼年讀聖賢之書，感發興起，奠定了他澤國利民的聖賢抱負。同時師長又以「讀書不為藝文，選官不為利養」，及「丈夫處世不能饑寒，雖一小事，亦不可立，況名節乎」教他，所以儒家經世致用的襟懷抱負，及有為有守的貞廉氣節，成為他一生思想的重心，行事的準則。表現於行事上，是登進士、中詞科的求為世用；任官時的關心民生疾苦，迭有惠政。然而也正因為他以儒家經世濟民的抱負自期，以有為有守的氣節自許，卻不幸身逢衰亂之世，傳統的社會體制，既不足以維繫人心，政治社會亦始終擾攘不安，〔註 1〕而朝不保夕，及時行樂的世風士習，官場上一片不擇手段鑽營爭利的腐敗現象，使他只有一再長嘆「半生與世未嘗合」（〈留別仲澤〉）。也因此，他雖中進士，卻有感於科舉之紛擾而不就選；雖因師友的敦促鼓勵而出任史官，亦因官場的黑暗傾軋而辭官歸隱。後來出任鎮平、內鄉等縣令，更是時作「數峰如畫暮雲開」（〈出山〉）的山林之想。總之，前後十幾年的仕宦生涯，是「五車載書不堪煮，兩都覓官自取忙。無端學術與時背，如瞽失相徒倀倀」（〈雪後招鄰舍王贊子襄飲〉）。他感嘆「少日漫思為世用，中年直欲伴僧閒」（〈出山〉），所以屢次辭官歸隱，過著「十里陂塘春鴨鬧，一川桑柘晚煙平」（〈懷秋林別業〉）的鄉野生活。然而基本上，他的思想重心仍是儒家的，立功名世的積極思想，與外在環境的挫折打擊，使熱情的遺山有更深的寂寞與憤憤不平，於是詩詞吟諷，借酒消愁，成為他安慰心靈的妙方，「生平遠遊賦，吟諷心自足」（〈灑亭〉），「人若不飲酒，俗病從何醫」（〈後飲酒之五〉），表面看似灑脫，背後卻是不得世用的辛酸與悲憤。

金亡之後，家國丘墟，身遭羈囚，使他的用世之心與恢復之志，遭到徹底的破滅，一時進退無路，只好借酒來忘記痛苦，所以有「三杯漸覺紛華遠，一斗都澆磈磊平」（〈鷓鴣天〉），「歌浩蕩、酒淋浪。浮雲身世兩相忘」（〈鷓鴣天〉）的沈痛呼告。不過他也深切體認到：

〔註 1〕詳見《遺山集》卷三十五頁 449〈紫微觀記〉，與同卷頁 411〈清眞觀記〉。

人才爲救世本，文化乃國脈之所寄，所以促使他在關鍵時刻上書耶律楚材舉荐人才，以延續文化命脈。晚年更選擇了以布衣疏食，著述存史，宏揚儒學的堅定行徑。同樣的，在他往來四方，採摭遺聞逸史時，黍離麥秀之恨，易代滄桑之感，多藉沈痛蘊藉之筆流露於詩詞中，這也是一個深受儒家思想薰陶的知識份子，在國破家亡之後，自然流露的沈鬱悲憤。

晚年，由於時移事遠，歷經各種悲劇試煉的遺山，心境已由激盪轉爲澄明。以前的悲憤沈鬱之氣，淨化爲平靜澹泊之趣，不僅詩詞近似淵明，其人生態度也尙友淵明的眞淳風範。這是他由儒家思想淬鍊出來的安貧樂道，知命知天的境界。所以修史自任的使命情操，平澹自然的隱居心境，形成了他獨特的遺老懷抱，發之於詩詞，也是形像歷歷，如見其人。

雖然，他在避難嵩山期間，或金亡之後，都曾來往各地名山佛寺，並與方外禪師時有過從，〔註2〕這是由於他認爲，在動盪不安的人世，佛道二家有安定眾生心靈的作用，所以對佛老有相對的了解與包容，〔註3〕採取了一種尊重的態度。可是在基本上，遺山則是個純粹的儒者，所以他有以純儒立場反對佛老偏弊的言論，〔註4〕同時他在國亡前的或仕或隱，用舍由時；國亡後的抗節不仕，著述修史以終，也是可以仕則仕，可以隱則隱的出處方式，而不是佛老的出世態度。所以他是道地奉行儒家的教訓，實踐儒家思想的人。

由以上敘述可知，他的感物之心的如實呈現，不僅是一位有性

〔註 2〕《遺山集》卷三五頁 404〈興福禪院功德記〉云：「予居崧前，往來清涼，如吾家別業。」又集中與禪師贈答的詩很多，不一一列舉。

〔註 3〕詳參《遺山集》卷三十五之〈太古觀記〉、〈紫薇觀記〉、〈朝元觀記〉、〈清眞觀記〉、〈通仙觀記〉等。

〔註 4〕《遺山集》卷三十四〈樊侯壽家記〉：「生而養、死而葬，中國之大政，而聖人之中道。自佛老家之説勝，誕者遂以形骸爲外物，天地爲棺槨，日月爲含襚。甚至者，有狐狸亦可，螻蟻亦可之説。雖畚鍤後隨，以曠達自名者，猶見笑於大方之家。雖然彼自有方內外之辨矣！吾處方之內，聖人之中道舍而不由，尚可從乎？」可見他始終純儒的立場。

情、有理想、有才華的讀書人；更是一位身體力行儒家思想，有眼光、有膽識、有志節的，始終一致，有爲有守的可敬之士。雖然他具有極爲深摯強烈的用世之心，卻遭逢了金元之際最衰亂殘破之世局，不但未能充份實現他的本心素志，而鼎革易代之大變故，更使他的志意襟抱，全部落空。心物交感之下，發而爲詞章，不論是身與世違的挫折寂寞，寄跡山林的閒適曠達，或是血淚交迸的身世傷嘆，瞻懷故國的沈鬱悲涼，還是著述存史的遺民志節，在在都是他儒者積極入世的志意，與現實殘酷無情的環境，衝突激盪所形成的奇情壯采，是他萬殊面貌的題材內容中，共有的基本情調，也是他一貫的生命情意的本質所在。掌握了這一點，則遺山樂府的內涵境界，就可以提綱挈領，綜覽無遺了。

第二節　題材內容的萬殊面貌

一、情與世違的挫折寂寞

「君不見并州少年夜枕戈，破屋耿耿天垂河……著鞭忽記劉越石，拔劍起舞雞鳴歌」(〈并州少年行〉)。遺山這位素抱澤國利民經世大志的幽并青年，金室南渡後，於汴京登進士第，然卻因才高名大，招來無情的嫉妒讒毀，有謂賞識拔擢他的座主趙秉文，以及他交往唱和的好友雷淵、李獻能等爲「元氏黨人」，他心灰意冷之餘，竟未就選即離開汴京，往來嵩山、三鄉、孟津、昆陽間，讀書著述。然而根深蒂固的儒家思想，立功名世的強烈意願，志在恢復的豪情壯圖，在遭遇外在環境嚴重的打擊後，內心充滿了憤憤難平，落莫失意。就在他「自洛陽往孟津道中」，寫下了：

> 今古北邙山下路，黃塵老盡英雄。人生長恨水長東。幽懷誰共語，遠目送歸鴻。　　蓋世功名將底用，從前錯怨天公。浩歌一曲酒千鍾。男兒行處是，未要論窮通。(〈臨江仙〉)

北邙山，在洛陽城東北，是漢魏以來公卿陵墓所在，他經過此地，發出了深沈的謂歎：「賢愚同一盡，感嘆增悲辛」，「焉知原上塚，不有當年吾」（〈北邙〉），所以首二句「今古北邙山下路，黃塵老盡英雄」，既是寫實，也是人生旅途終結的象徵，概括了古今英雄共同的悲劇性命運，所以接著以李後主詞的成句「人生長恨水長東」，來發抒心中無限感慨。遺山才雄學贍，胸懷大志，但國勢日蹙，讒毀交加，登第帶給他的，不是「春風得意馬蹄疾」的歡愉，卻是無限的落寞與憤懣。所以當幽懷無可共語的情況下，只有「遠目送歸鴻」，來象徵他高遠的志意及情懷。下片藉飲酒高歌來抒發內心鬱憤難平之氣，並安慰自己，生前風雲際會，最終也是黃土一杯，蓋世功名又有何用？所以從前怨上天待己不公，豈非錯怨？結語再自我勉勵，更要堅守行事原則，莫以仕途窮通顯隱來論成敗。雖然，全詞表面寫一種置窮通得失毀譽於度外的曠達，然而卻也有一種立功揚名、求爲世用的熱烈情感，在遭受挫折後，內心產生的一股鬱勃不平之氣，在詞裡盤旋激盪。所以陳廷焯《詞則》說：「壯浪語正沈鬱。」可謂的論。

另外一首〈鷓鴣天•孟津作〉，與此首的背景情味很近似，也是借酒以澆魂磊，即：

> 總道忘憂有杜康，酒逢歡處更難忘。桃紅李白春千樹，古是今非笑一場。　　歌浩蕩，酒淋浪。銀釵縞袂滿鄰牆。百年得意都能幾，乞與兒曹說醉狂。

面對「桃紅李白春千樹」者，不是金榜題名的得意青年，而是滿懷激盪鬱憤，藉杜康以忘憂的憔悴心靈。隔鄰「歌浩蕩，酒淋浪」的歡狂，使他對官場古是今非的亂象，有更深的刺痛與不平；而他的大笑一場，說醉說狂，更是他有志難伸的無奈淚影。

以上慷慨激昂、淋漓痛快之作，有一股北方男兒豪健縱橫的氣勢，很可以見出他「擊筑行歌，鞍馬賦詩，少年豪舉」（〈石州慢〉）的神采風調。

後來，他終於不忍違拗楊、趙、雷、李諸師友的苦勸，再中詞科，出任國史院編修官，開始了他的仕宦生涯。行前，他有「幾許虛名，誤卻東家雞黍」（〈石州慢〉），來表明此行的非己所願；又以「漫漫長路，蕭蕭兩鬢黃塵，騎驢漫與行人語。詩句欲成時，滿西山風雨」（〈石州慢〉）來感慨自己落落寡合的個性，在功利的官場，不會有滿意的結果。果然，在史館不到一年，他寫道：

> 形神自相語，咄諾汝來前。天公生汝何意，寧獨有畸偏。萬事粗疏潦倒，半世淒遲零落，甘受眾人憐。許汜臥床下，趙壹倚門邊。　　五車書，都不博，一囊錢。長安自古歧路，難似上青天。雞黍年年鄉社，桃李家家春酒，平地有神仙。歸去不歸去，鼻孔欲誰穿。（〈水調歌頭•史館夜直〉）

全篇白描直寫的悲憤口氣，道盡仕途的坎坷辛酸。上半寫半生來的落魄不得志，忍不住問天公，是否獨獨賦予自己這種畸偏的不與世相合的個性。並借許汜、趙壹形容自己牢落不遇的可歎可悲。下片進而慨嘆俸祿微薄，難以仰事俯畜，而學富五車，欲一展抱負長才，卻難似上青天，因此油然而思鄉間桃李雞黍的自在閒適，大嘆鼻孔任人穿的不得自由。也因此，他對同在史館任職的好友雷希顏、李欽叔訴說他夢中所得的〈永遇樂〉：

> 絕壁孤雲，冷泉高竹，茅舍相忘。留滯三年，相思千里，歸夢風煙上。天公老大，依然兒戲，困我世間羈鞅。此身似、扁舟一葉，浩浩拍天風浪。　　中臺黃散，官倉紅腐，換得塵容俗狀。枕上哦詩，夢中得句，笑了還惆悵。可憐滿鏡，星星白髮，中有利名千丈。問何時、有酒如川，自歌自放。

讀此，可見其宦情之澹，歸思之濃。另外遺山有兩首〈帝城〉詩，自注「史館夜直」，很可以和以上二詞互證。詩云：

> 帝城西下望孤雲，半廢晨昏愧此身。世俗但知從仕樂，書生只合在家貧。悠悠未了三千牘，碌碌翻隨十九人。預遣兒書報歸日，安排雞黍約彼鄰。（其一）
>
> 羈懷鬱鬱歲駸駸，擁褐南窗坐晚陰。日月難淹京國久，雲

山惟覺玉華深。鄰村爛漫雞黍局，野寺荒荒松竹林。半夜商聲入寥廓，北風黃鵠起歸心。(其二)

由以上二詩，可明瞭遺山出仕之不得志，蓋由以下三點：一是仕宦遠遊，未能克盡孝道，即「半廢晨昏愧此身」。二是俸祿微薄，難以仰事俯畜，此即「五車書，都不博，一囊錢」;「世俗只知從仕樂，書生只合在家貧」。三是未能發揮所長，反而俯仰由人，此即「悠悠未了三千牘，碌碌隨翻十九人」。而依遺山情性本質來判斷，第三點應該是他辭官歸隱最主要的原因，所以他無限懷念崧山玉華的閒適生活，而在第二年，便毅然決然辭官返家。他說：

萬頃風煙入酒壺，西山歸去一狂夫。皇家結網未曾疏。
情性本宜閒處著，文章自忖用時無。醉來聊爲鼓嚨胡。
(〈浣溪沙・史院得告歸西山〉)

其中「情性本宜閒處著，文章自忖用時無」，是慨嘆滿腹經綸，全無用武之地，而與世多忤的情性，也只合在山林過閒適自在的生活。這兩句造語精煉，十分沈痛。蓋充滿用世之志、恢復之心的遺山，卻只能投閒置散；自幼苦讀，學富五車，亦全無用處。「閒處著」、「用時無」皆是反面自嘲之語，深深的道出了情與世違的挫折辛酸。

然而生活畢竟是現實的，在「食貧口眾流他鄉」(〈雪後招鄰舍王贊子襄飲〉)的情形下，他再出爲鎮平、內鄉等縣令。本著勤政愛民的精神，盡忠職守、視民如傷。而金朝末年，對宋和蒙古迭有戰爭，尤以蒙古的節節進逼爲患最烈。宣宗朝，政治不善，胥吏苛刻，〔註5〕國事多委靡貪縱；〔註6〕而賦稅繁重，〔註7〕催租火急，〔註8〕民生凋

〔註5〕劉祁《歸潛志》卷七頁1:「宣宗喜刑法，政尚威嚴，故南渡之在位者多苛刻。」

〔註6〕劉祁《歸潛志》卷七頁7:「南渡後，宣宗獎用胥吏，抑士大夫，凡有數言者，多被斥逐，故一時在位者多委靡。」

〔註7〕《金史》卷四十七〈食貨志〉載，高汝礪於貞祐三年十月陳言:「今民之賦役，三倍平時。」

〔註8〕《中州集》卷五頁177〈趙元學稼詩〉:「近日愚軒睡眠少，打門時復有追胥。」又《中州集》卷十頁325〈辛愿亂後詩〉:「似聞人亂語，

蔽，逃亡的極多。遺山對此，時時寄予無限的同情，如：「山川淳朴忽當眼，迴望康衢一概然。不見只今汾水上，田翁鞭背出租錢。」(〈題劉紫微堯民野醉圖〉)。他身爲地方官，處境可謂進退兩難；他同情百姓終歲勤勞也不足以養其父母妻子的窮困無奈，然而自己卻是身爲面對百姓，催租逼稅的官吏，內心的痛苦煎熬，可想而知。所以他的〈清平樂・罷鎮平歸西山草堂〉詞云：

> 垂楊小渡，處處歸鞍駐。八十田翁良愧汝，把酒千言萬語。
> 　　細侯竹馬相從，笑渠奔走兒童。十里村簫社鼓，依然傀儡棚中。

可見只有閒適的村居生活，才能免除他內心的不安與苦悶。同樣的，他在內鄉任上也說：

> 夏館秋林山水窟，家家林影湖光。三年閒爲一官忙。簿書愁裡過，筍蕨夢中香。　　父老書來招我隱，臨流已蓋茅堂。白頭兄弟共論量。山田尋二頃，他日作桐鄉。(〈臨江仙・內鄉北山〉)

首二句形容當地的山水佳勝，接著寫自己從鎮平令至內鄉令，爲官三年的期間，「簿書愁裡過，筍蕨夢中香」。一方面是苦於處理政事之繁忙，另一方面則是嚮往鄉居生活的樸素單純。這兩句用語凝煉，形象鮮明，很能深刻的表達他內心仕官或退隱的掙扎。下片由仕寫到隱，結語「山田尋二頃，他日作桐鄉」，則是借用漢朝朱邑的故事。朱邑曾任桐鄉嗇夫，掌聽獄訟，徵收賦稅，廉平不苛，爲吏民所愛敬。其後升任大司寇，將卒，命其子曰：「我故爲桐鄉吏，吏民愛我，必葬我桐鄉。」及死，其子葬之桐鄉西郊外，桐鄉民爲起冢立祀。〔註 9〕遺山借用此事，意謂內鄉鄉民會懷念其治績，將以此地爲日後埋骨之所。這首詞表面看來，是寫歸隱遁世之情，其實亦與其生命情意之本質不脫關係。陳廷焯《詞則》卷三云：「多少感慨，溢於言外。遺山

縣吏已催錢。」

〔註 9〕《漢書》〈循吏列傳・朱邑傳〉。

有一片熱腸，鬱鬱勃勃，豈眞慕隱士哉！」陳氏之言，很能道出他內心深懷。蓋遺山一生志在用世，他的享受山林之趣時，並未眞忘情世事，故鬱鬱勃勃的一片熱腸，實緣於其身世相違的挫折寂寞啊！

遺山一方面由於他的固守儒家氣節，有爲有守，不肯同流合污；一方面亦是生不逢辰，遭遇衰亂之世，使他有志難伸，有才難施。這種空讀聖賢書卻不得淑世救民的悲憤抑鬱，或發爲詩詞吟諷，或借酒以澆魂磊。然而他詩詞中的曠達，及沈湎醉鄉的企圖超脫，其實皆隱含他執著於建立功業，卻難有所成的鬱憤不平。這種無可措手的挫折寂寞，無不眞切動人，使人感慨久之。

二、田園村居的閒適曠達

隱居山林，讀書著述，是中國士人在不得志於世時，最常選擇的生活方式。遺山少負經世濟民大志，卻不幸身逢衰亂之世，求取科名及初任史官，都使他倍嘗挫折之苦，於是油然而生山林之想。他希望能有「謝家山、飛仙骨」，能聽「山鳥哢」，看「林花發」，再與「彭殤共一醉，不爭毫末」(〈滿江紅〉)；或是在「小橋流水送吟鞋，無人覺往來」的「川平晚照」下，「敧亂石，坐蒼苔，一杯復一杯」(〈阮郎歸〉)，過閒適自在的日子，徹底擺脫「鼻孔任人穿」(〈水調歌頭〉)的仕宦生活。

可惜事與願違，只因「寒饑到妻孥」(〈後飲酒五首之一〉)，所以他再度出仕時曾說：

> 松門石路靜如關，布襪青鞋幾往還。少日漫思爲世用，中年直欲伴僧閒。塵埃長路仍回首，升斗微官亦強顏。休道西山不留客，數峰如畫暮雲間。(〈出山〉)

這是遺山三十八歲（金哀宗正大四年）出任內鄉縣令時所作。他回想起三年前一度擺脫狹隘的京城官場生活，閒居崧山的日子，布襪青鞋，石徑易行，靜看雲峰如畫，是何等閒適，而今升斗微官，還強顏接受，實非衷心所願。幸而內鄉是個山中小縣，因「山城官事少」，所以他在閒暇時，得以「日放淅江船」，欣賞「菊潭秋花滿，紫稻釀寒泉」（〈九日讀書山用陶詩「露淒暄風息氣清天曠明」〉爲韻賦十首之八）的鄉野風光，有時是「歸路踏月明，醉袖風翩翩」（〈山居〉），有時是「一道鷺鷥花不斷，蜜香吹滿馬頭風」（同上），使他稍解官場之苦。

第二年，他因母喪而辭官，把母親棺木厝於內鄉白鹿原後，他也在白鹿原建屋居住。在這三四年中，是他一生最得山林之樂的時光，而抒寫閒適曠達的村居生活的詞章，也泰半成於這段時間。

在遺山筆下，內鄉是個「重岡隔斷紅塵」，「山深水木清華」（〈清平樂〉）的地方。內鄉縣內有淅水流過，淅水邊有座「半山亭」，他有時置酒亭間，有時放舟江上。他對嵩山的老朋友說：

> 昨夜半山亭下醉，窪尊今日留題。放船直到淅江西。冰壺天上下，雲錦樹高低。　　世上紅塵爭白日，山中太古熙熙。外人初到故應迷。桃花三百里，渾是武陵溪。（〈臨江仙・內鄉寄嵩前故人〉）

看他把淅江直比世外桃源，不但遠離兵禍，也不必理會「世上紅塵爭白日」，因此可以「與君消百憂」（〈半山亭招仲梁飲〉）。

他在另一首寄給嵩山玉溪王革（德新）的〈江城子〉詞也說：

> 春風花柳日相催。淅江梅。臘前開。開遍山桃，恰到野酴醾。商嶺東來三百里，紅作陣，綠成堆。　　半山亭下釣魚臺。拂層崖。坐蒼苔。林影湖光，佳處兩三杯。寄語玉溪王老子，因箇甚，不同來。

上片寫淅江邊臘梅、山桃、野酴醾次第開花的盛況。簇簇紅花，配上綿延的翠嶺，以「紅作陣，綠成堆」，極寫春天繁麗景象。下片則寫半山亭層崖下，依坐蒼苔，邊欣賞林影湖光，邊飲酒爲樂的歡愉，讀之令人悠然神往！

遺山這一類抒寫田園村居的隱逸情趣的詞，和南宋時如朱敦儒《樵歌》中，正面寫出世、隱逸的詞，基本的「詞境」、「詞心」是有不同的。朱希眞《樵歌》的詞心，是一種不食人間煙火，有神仙風致的樵歌漁唱，是一種徹底歸隱山林煙波的隱士。而遺山這一類的詞，基本上是「少日漫思爲世用」（〈出山〉）的心思，在政治環境中受到壓抑，使原本亟欲有所作爲的襟懷轉向歸隱，可以說是一時的移情，暫時的調適，而不是終身做山林之想。表面看似悠然，其實心中是有「千古書生，那得盡封侯」的不平磈磊；看似閒適曠達，後邊卻隱藏著「邁往凌雲之氣」、「憤世疾俗之慨」。另外，身處的時代環境，外有蒙古大軍壓境，內則政治貪污腐敗，憂國憂民的情懷，使詞篇中又不免染上一層黯然神思。如下面這首〈江城子〉：

> 草堂瀟灑浙江頭。傍林丘。買扁舟。隔岸紅塵，無路近沙鷗。枕上有書尊有酒，身外事，更何求。　　暮雲歸鳥仲宣樓。敝貂裘。爲誰留。千古書生，那得盡封侯。好在半山亭下路，聞未老，去來休。

上片的「枕上有書尊有酒」，點出遠離紅塵的村居生活，讀書著述的怡然自得。所以接著說「身外事，更何求」。但是下片的「千古書生，那得盡封侯」，則是強自寬解也終究不能忘情於名世封侯的凌雲之志，不平之氣。而因見暮雲歸鳥油然以生「有鄉不得返」的感慨，一如王粲當年的登樓懷鄉，則又使整首詞染上了一層感傷氣氛。另一首〈鷓鴣天〉也是有類似的情調：

> 身外虛名一羽輕，封侯何必勝躬耕。田園活計渾閑在，詩酒風流屬老成。　　三會水，半山亭。村村花柳自昇平。錦城未比還家好，何處而今有錦城。

頭二句寫看破虛名榮利，強調躬耕田園之樂，亦是強自寬解之辭。三四兩句進一步寫田園活計，詩酒風流的閒適生活。下片則由眼前的花柳昇平想起家鄉情景，情味轉趨黯淡。結句則對蒙古大軍的殘暴侵凌，金朝國勢的江河日下，有無限黯然。

遺山這類閒適之作，因爲以山光水色爲背景，故大多是「情景交融」、「神與物遊」之作，同時「情中有思」，另有一種耐人尋味的深遠感。如下面這首〈行香子〉：

> 漫漫晴波，澹澹雲羅。傍春江、是處經過。桃花解笑，楊柳能歌。儘百年身，千古意，兩蹉跎。　　酒惡無聊，詩苦成魔。只閒情、不易消磨。幾人樵徑，何處山阿。恨夕陽遲，芳草遠，落紅多。（時在淅江）

在晴波漫漫，雲羅澹澹的淅江邊，面對春日桃花楊柳正盛的自己，是濟世澤民的千古大業，短短不滿百年的人生光陰，因生不逢辰，造化弄人，眼看壯志青春，兩皆蹉跎，眞是「誰道閒情拋擲久，每到春來，惆悵還依舊」（馮延巳〈鵲踏枝〉詞句），即使縱情詩酒，也難消磨。而身處山阿樵徑，年華蹉跎，壯歲轉瞬成空，不久豈不就像將逝去的夕陽，滿地的落花一樣了嗎？心中無限的悵恨，也像那漫生的芳草，綿綿無有盡頭。此詞可謂「一切景語無非情語」；而遺山詞中一貫的情意本質，皆以景寓情，把不易消磨的閒情，委婉借景襯托道出，達到了情景交融的最高境界。

正大五年，遺山在內鄉白鹿原的新居落成，他說：「予既罷內鄉，出居縣東南白鹿原，結茅菊水之上，聚書而讀之。其久也，優柔厭飫，若有所得，以爲平生未嘗學，而學於是乎始，乃名所居爲新齋」（〈新齋賦〉）乃取其溫故知新，日新又新之意。他在遷居時，賦〈水調歌頭．長壽新齋〉詞云：

> 蒼煙百年木，春雨一溪花。移居白鹿東崦，家具滿樵車。舊有黃牛十角，分得山田一曲，涼薄了生涯。一笑顧兒女，今日是山家。　　簿書叢，鈴夜掣，鼓晨撾。人生一枕春夢，辛苦趁蜂衙。竹里籃田山下，草閣百花潭上，千古占煙霞。更看商於路，別有故侯瓜。

寫的是歸耕山林的興味。遺山另有一首詩〈長壽新居〉，寫的也是同樣的情形：

> 地古郫墟迴，川迴縣郭斜。蒲地餘老節，菊水引新芽。卜築欣成趣，歸耕覺有涯。迎門顧兒女，今日是山家。

兩相比較，長短句詞不但敘寫較詳，歸耕的閒適滿足，也表現得自然眞切，婉轉有味。

遺山閒居白鹿原期間，有時是「坐臥沿溪樹」（〈長壽新居三首之一〉），「與山中魚鳥，相親相近」（〈清平樂〉），有時是「繞屋清溪醒午夢，一榻翛然，坐受雲山供」（〈蝶戀花〉），達到了俗事「不置肝腸」，「物我都忘」（〈長壽新居〉）的寄跡山林的高趣。

然而，他是眞的一切都溶入大自然，與大自然同喜樂了嗎？他在三十九歲那年除夕，卻在深山中的長壽新居寫下了這樣的句子：

> 微茫燈火共荒村，黃葉漫山雪擁門。三十九年何限事，只留孤影伴黃昏。（〈長壽山居元夕〉）

一夕之間，在深山的荒村之中，國事、身世，悲涼辛酸，齊湧而至，正如黃昏大雪中的孤單身影，又有何人知曉，又能向誰傾訴呢？這也正如他在〈滿江紅〉詞中說的：

> 老樹荒臺，秋興動、悠然獨酌。秋也老、江山憔悴，鬢華先覺。人到中年原易感，眼看華屋零落。算世間、惟有醉鄉民，平生樂。　　凌浩蕩，觀寥廓。月爲燭，雲爲幄。儘百川都釀，不供杯杓。身外虛名將底用，古來已錯今尤錯。喚野猨、山鳥一時歌，休休莫。

落木蕭蕭的秋天，百感交集的并州倦客，雖然閒居山中，卻對家山有揮不去的濃濃愁緒，對國事有拋不開的深深關懷，對平生之志，更有無限遺憾難平。所以「忘憂唯有清樽在」（〈昆陽〉），唯有一醉，才能忘卻這許多煩憂了。最後再舉一首〈春日半山亭游眺〉詩，以見其懷抱：

> 日照春山花滿煙，獨攜尊酒此江邊。江流袞袞望不極，世事悠悠私自憐。小草不妨懷遠志，芳草爲誰發幽妍。千年石壁留詩在，會有騷人一慨然。

這就是遺山田園村居的「隱逸」心態，發出來的詩詞，是有他生命情意的一貫本質在裡頭的。

三、登臨懷古的豪情悲慨

登山臨水，弔古傷今，是歷來許多大文學家借以發抒懷抱的絕佳題材。其中登山臨水之作，無非借情景以寄其理趣懷抱；弔古傷今之詞，則多藉詠古以詠懷。所以身世之感、家國之憂，隱然寓託於其中。遺山這類詞作不少，大都放懷古今，縱橫跳盪，以寄其壯懷。今先以〈水調歌頭・賦三門津〉爲例：

> 黄河九天上，人鬼瞰重關。長風怒捲高浪，飛灑日光寒。峻似呂梁千仞，壯似錢塘八月，直下洗塵寰。萬象入横潰，依舊一峰閒。　　仰危巢，雙鵠過，杳難攀。人間此險何用，萬古秘神姦。不用然犀下照，未必佽飛強射，有力障狂瀾。喚取騎鯨客，撾鼓過銀山。

此詞寫來極爲雄奇動盪，而其主要意象有四：黃河浪、三門峽、砥柱山、騎鯨客。四者之間，互相襯托，形成了巨動巨靜，相間起伏的聲勢。三門津即三門峽，據《陝州志》：三門指中神門、南鬼門、北人門，唯人門可行舟，而鬼門奇險。首二句以擬人化的手法寫黃河如一巨人，俯瞰人鬼重關。「長風」以下接寫黃河自九重天上奔流沖激而下的雄奇壯闊，而結尾「萬象入橫潰，依舊一峰閒」二句，極寫在河水奔騰咆哮、大地萬物皆不堪一擊下，卻有一峰無視險惡，巍然屹立。而此力拒狂瀾的砥柱山，顯然寄寓了他自己砥柱中流的情志與氣概。上片寫景至此戛然而止，一動一靜的強烈對比，令人嘆絕。過變由上片「閒」字帶出，以靜巢悠鳥，工筆細畫砥柱山之從容閒靜，亦以暗喻一種獨立不改的強者氣概。「人間」二句，寫三門津深不可測，如有神鬼秘藏。而「不用燃犀」以下，是用了晉溫嶠點燃犀角照見水中精怪，〔註 10〕及次非以寶劍入江斬蛟〔註 11〕的典故，謂不用照妖斬

〔註 10〕《晉書・溫嶠傳》：「嶠至牛渚磯，水深不可測，世云其下多怪物，嶠遂燬犀角而照之。須臾，見水族覆火，奇形異狀，或乘馬車著赤衣者。」蓋相傳犀角燃之可以照天。

〔註 11〕《呂氏春秋・知分篇》：「荊有次非者，得寶劍於干遂，還返涉江，至於中流，有兩蛟夾繞其船。……次非攘臂袪衣，拔寶劍曰：『此江

蛟，消滅興風作浪的異類，因爲屹立中流的砥柱，即能力挽狂瀾，再次強調了砥柱山的堅立形象。結處則更推進一層，不只要做力障狂瀾的中流砥柱，更要賀長鯨，擂鼓越過銀山似的浪濤險阻，直達黃河九天之上。此詞奇偉壯闊，表現出中州豪俊在風雲動蕩的國難中，誓做中流砥柱；更欲在險惡艱難的環境下，矢志恢復失土的壯烈決心。崎嶇豪宕之氣，令人動容。況周頤《蕙風詞話》云：「遺山之詞，亦渾雅、亦博大，有骨幹、有氣象，以比坡公，得其厚矣。……其〈水調歌頭・賦三門津〉「黃河九天上」云云，何嘗不崎嶇排奡，坡公之所不可及者，尤能于此等處不露筋骨耳。」可見對此詞評價之高了。

除此之外，遺山其他登臨寫景之句，也往往境界雄渾、氣象博大，一如其人而挾幽并之氣。如：

> 杳杳白雲青嶂，蕩蕩銀河碧落，長袖得回旋。(〈水調歌頭・緱山夜飲〉)
>
> 翠壁丹崖千丈，古木寒藤兩岸。(〈水調歌頭・賦德新王丈玉溪〉)
>
> 灘聲蕩高壁，秋氣靜雲林。(〈水調歌頭・與李長源遊龍門〉)
>
> 凌浩蕩，觀寥廓。月爲燭，雲爲幄。(〈滿江紅・內鄉作〉)
>
> 接雲千丈層崖，古來此地風煙好。……可恨孤峰，幾回空見，松筠枯槁。(〈水龍吟・同德秀遊盤谷〉)
>
> 孤峰頂上青天闊，獨對春風舞一場。(〈鷓鴣天〉)

蒼天、白雲、孤峰、絕壁，是他詞中常攝取描摹的山水形象，很可以見出他鮮明突出，磊落坦蕩的個性。

同樣的登臨山水，也由於一生境遇的不同，而表現出不同的內涵。如國亡前後的作品，就有極爲顯著的差別。今試比較下面兩首詞：

> 雲間太華，笑蒼然塵世，眞成何物。玉井蓮花開十丈，獨

中之腐肉朽骨也，棄劍以全己，余奚愛焉！』於是赴江刺蛟，殺之而復上船，舟中之人皆得活。荊王聞之，仕至執圭。」

立蒼龍絕壁。九點齊州，一杯滄海，半落天山雪。中原逐鹿，定知誰是雄傑。……（〈念奴嬌・欽叔、欽用避兵太華絕頂，以書見招，因為賦此。〉）

江山殘照，落落舒清眺。澗壑風來號萬竅，盡入長松悲嘯。　　井蛙瀚海雲濤，醯雞日遠天高。醉眼千峰頂上，世間多少秋毫。（〈清平樂・太山上作〉）

前一首寫於哀宗正大八年，遺山四十二歲。時蒙古軍圍鳳翔，情勢雖緊急，然詞中尙力奮雄心，不改以往豪壯氣象。後一首則作於金亡之後，他從被羈管的山東聊城移居冠氏時。兩首一寫西嶽華山，一東嶽泰山，同爲登高望遠之作，然不同的境遇心情，也使極目所見有明顯不同。前者寫登高遠眺，大者變小，所以「九點齊州，一杯滄海」，抒寫「登泰山而小魯」雄視一方的豪情；後者則借助老莊齊物思想，從大小變化而泯沒大小差異，進而泯滅是非、盛衰、興亡的差別，以沖淡亡國的深悲巨痛。前者寫「玉井蓮花」、「蒼龍絕壁」之景，雄渾壯麗；後者目接夕陽而曰「殘」，耳聞松風而覺「悲」，在在都因情寫景，景中有情，情景妙合無垠。

遺山另有一些懷古詞，多爲憑弔前朝故城或古代英雄的戰跡等。如〈木蘭花慢〉「擁岧岧雙闕」一詞，憑弔曹操鄴下三臺；〈三奠子〉「上高城置酒」一詞是置酒南陽故城；〈水調歌頭〉「牛羊散平楚」，則是登眺氾水故城。寫來都筆勢縱橫跳宕，不失爲《遺山樂府》中的上乘之作。茲以《水調歌頭・氾水故城登眺》爲例：

牛羊散平楚，落日漢家營。龍拏虎擲何處，野蔓罥荒城。遙想朱旗回指，萬里風雲奔走，慘澹五年兵。天地入鞭箠，毛髮懍威靈。　　一千年，成皋路，幾人經。長河浩浩東注，不盡古今情。誰謂麻池小豎，偶解東門長嘯，取次論韓彭。慷慨一尊酒，胸次若爲平。

這首詞作於金宣宗興定元年，遺山二十八歲。氾水即漢成皋，楚漢相爭時，曾在此激戰。開頭四句，實寫楚漢爭雄的古戰場，此時在荒煙落照，蔓草牛羊間，是一片蒼茫景象，直可與李白〈憶秦娥〉之「西風殘照，漢家陵闕」相抗衡。「遙想」以下以追述之筆，擬寫楚漢激戰之慘烈，中原萬里之地皆爲之風雲動蕩，天地變色。下片省去一段，蕩開去寫，千年來，唯有滾滾黃河依舊東流，然而「流不盡，古今情」，則楚漢戰後，此地還有多少豪傑繼續其英雄志業呢？故接以「誰謂」提問，再以石勒故事，帶出古今的英雄豪傑。據《晉書》記載，石勒少時，常與鄰居李陽爭麻池，十餘歲時行販洛陽，倚嘯上東門，王衍見而異之。石勒晚年曾說：「若逢高皇，當北面而事之，與韓彭競鞭而爭先耳。」又遺山〈楚漢戰處〉詩有「成名豎子知誰謂，擬喚狂生與細論。」之句，指的是阮籍當年登廣武，觀楚漢戰處，曾歎說：「時無英雄，遂使豎子成名。」後人或以爲豎子乃指劉邦、項羽，而遺山則已體會到，阮籍所謂豎子，應是譏諷曹操、司馬懿父子，不能像劉、項一般以兵戈打天下，而是用陰謀詭計篡奪君位，所以不如劉、項之眞英雄，只是豎子罷了。正巧石勒亦曾自言：「大丈夫行事，宜礌礌落落，如日月皎然，終不效曹孟德、司馬仲達，欺人孤兒寡婦，狐媚以取天下也。」〔註 12〕是以遺山由此聯想，慨嘆一個麻池小豎，竟能在洛陽城東門長嘯，又衡量古代英雄，而自比韓、彭。經由石勒這一比，古來的歷史人物，一時皆於此處再度活現，故結處以「慷慨一尊酒，胸次若爲平」二句收到登眺，則放懷千古，今昔相比，蒼涼慷慨，磈磊陡生。此詞聯想豐富，雄渾博大，有骨幹、有氣象，是其得意之作。

遺山生長於雲朔，其天稟本多豪傑英傑之氣，中州雄壯偉麗的山河，北國天蒼蒼野茫茫的壯闊景色，開展了他的視野，陶冶了他的情操。他才氣縱橫，以如椽之筆，或發抒自己力圖爲國建功立業的雄心壯志，或展示他放眼今古的史家眼光，因此留下了這許多風格渾雅豪放，內容博大的詞篇。當然這些作品，是從他生命情意的一貫本質所出，是與他其餘篇什，有共同的生命情調的。

〔註 12〕參考繆鉞先生〈論元好問詞〉，見紀念元好問八百年誕辰學術研討會論文集。

四、血淚交迸的身世傷嘆

遺山生當金朝後段衰亡時期，身經喪亂之痛，備嘗流離之苦，因此詩中，或記述戰亂流離，或反映民生疾苦，或寫邊塞苦寒，或悲國破家亡，都深刻表達了當代離亂愁慘的面目，與杜甫一樣，後世亦有一代「詩史」之稱。詞本不宜於紀實，無法把目睹親歷的種種，以直筆寫出，於是他將當時慘象在心靈深處衝擊震盪所產生的萬不得已之情，以怨抑的慢聲出之，長歌當哭，不能自已。他血淚交迸的身世，在此作了沈痛怨憤的表白。

宣宗貞祐元年，遺山二十四歲，蒙古開始入侵河北等地，燕京局勢隨之緊張。次年五月，金人遷都汴京，而河北、山東、山西等地相繼告急，遺山也開始了逃難流離的日子。起初在山西太原一帶避兵，山西淪陷，又輾轉逃到河南。一路上他看到的是「軋軋旃車轉石槽，故關猶復戍弓刀。連營突騎紅塵暗，微服行人細路高。已化沙蟲休自嘆，厭逢豺虎欲安逃」（〈石嶺關書所見〉）的人民流離失散，甚至棄屍荒野的情景。他在河南，初寓三鄉，後來輾轉鄰近各縣，他面對淪陷的故鄉，綿延的峰火，想起自己「拔劍起舞雞鳴歌」（〈并州少年行〉）的壯心少志，不禁感慨地寫下這首〈江城子〉：

> 醉來長袖舞雞鳴。短歌行。壯心驚。西北神州，依舊一新亭。三十六峰長劍在，星斗氣，鬱崢嶸。　　古來豪俠數幽并。鬢星星。竟何成。他日封侯，編簡爲誰青。一掬釣魚壇上淚，風浩浩，雨冥冥。

上片寫幽并豪俠自應擎長劍，救生靈，是他氣壯山河，志切恢復的心境寫照。而下片感嘆兩鬢星霜，何日封侯挽狂瀾，則是老大無成，理想落空的感慨。最後寓情於景，「風浩浩，雨冥冥」，既是生靈塗炭，故土淪亡之悲；也是壯志不能酬，有力不得施的浩歎。一豪壯，一悲涼，深刻的反映了他內心的矛盾與痛苦。

離鄉背景，顛沛困頓下，濃濃的鄉愁，常縈心懷。詩中他寫的是「旅食秋看盡，行吟日又斜。干戈正飄忽，不用苦思家」（〈老樹〉）；

在詞中，則是另一種曲折深婉之情。如〈浣溪沙〉云：

一夜春寒滿下廳，獨眠人起侯明星。娟娟山月入疏櫺。　萬古風雲雙短鬢，百年身世幾長亭。浩歌聊且慰飄零。

春寒之夜，孤獨的旅人轉側不寐，幾度長亭送別，點出了風波動蕩的世亂，與飄零可悲的身世。而娟娟的山月，孤單的身影，烘託了對月懷鄉的離愁別恨，使人神遠。

哀宗正大八年，蒙古兵入陝西鳳翔府，次年則潼關棄守，中州告急。蒙古在無西顧之憂下，全力圍攻汴京，金人奮力抵抗，戰至十二月，糧盡援絕，哀宗不得已出奔河朔，再奔歸德。時遺山任左司都事，留守汴京，他在〈壬辰十二月車駕東狩後即事詩五首〉中說：「滲澹龍蛇日鬥爭，干戈直欲盡生靈。高原水出山河改，戰地風來草木腥。」又說：「鬱鬱圍城渡兩年，愁腸飢火日相煎。焦頭無客知移突，曳足何人與共船。」兩軍戰鬥之慘烈，城中缺糧的苦況，遺山一一目睹，百感交集下，有下面這首詠懷之作：

淅江歸路杳，西南仰羨，投林高鳥。升斗微官，世累苦相縈繞。不入麒麟畫裡，又不與、巢由同調。時自笑，虛名負我，半生吟嘯。　擾擾馬足車塵，被歲月無情，暗消年少。鐘鼎山林，一事幾時曾了。四壁秋虫夜語，更一點、殘燈斜繞。青鏡曉，白髮又添多少？（〈玉漏遲・壬辰圍中有懷淅江別業〉）

在壬辰圍中，國事如此，他有倦鳥歸林之思，可是欲歸不能，所以有「淅江歸路杳，西南仰羨，投林高鳥」之句。追想平生，雖有壯懷偉志，卻不足以持危扶顛，然而又不能早隨巢父、許由的歸隱高臥，但爲虛名所累，擾擾半生。而這一切，只要鐘鼎山林之志，一日不決，心事就一刻難平。所以夜深不寐，面對秋虫夜語，殘燈斜繞，只有淒苦無奈，任白髮滋生了。這闋詞，把一個有爲有守的愛國志士，半生際遇，仕隱掙扎，眞率表出，而幽抑怨憤之情，又以慢聲出之，讀之令人淚下。

另外一首〈謁金門〉，與此詞爲同一年所作，也都是俯仰身世，感懷萬端，鬱伊愴況之情，一於詞中發之。不過換用比興之筆，與前一首以詩化方式直寫，有顯著不同。其詞云：

> 羅衾薄，簾外五更風惡。醉後題詩渾忘卻，烏啼殘月落。　　憔悴何郎東閣，病酒不禁重酌。袖裡梅花春一握，幽懷無處託。

開頭以羅衾之薄，比喻我方的勢單力孤；簾外風惡，則暗喻城外敵軍的險惡，所以勝敗之勢已瞭然可見。而一夜不眠，憂心悄悄，直到五更，烏已啼，殘月將落，表面是寫景，其實景語皆是情語，正表達了他在圍城中的孤單危苦。下片轉在到自身，幽憂憔悴之人，「病酒不禁重酌」，極寫借酒消愁的無奈之情。最後二句，寫他那萬不得已的危苦之情，無處可訴，而「袖裡梅花春一握」，梅花固象徵一個新的年頭的開始，而國勢衰敗如此，還能有復興的一天嗎？最後的一線寄託，就在「春一握」中，深深的傳達出來。同時梅花的堅貞卓絕，也象徵了他的志念。一片纏綿鬱結之情，籠罩全詞。此情此景，正如馮煦在《陽春集序》中評馮延巳詞所云：「周師南侵，國勢岌岌……翁負其材略，不能有所匡救，危苦煩亂之中，鬱不自達者，一於詞發之。」遺山此詞，正是表達了同樣的悲劇和感情。

一直令遺山擔心驚懼的亡國時刻終於來臨，汴京守將崔立，趁哀宗逃亡歸德時，以汴京降蒙古，遺山以亡金故官的身分，被送往山東聊城（今山東歷城）羈管。他在冰天雪地的北方，最初住在佛寺裡，靠著一些早先歸順蒙古的漢人如趙天錫等人的濟助而活了下來。他在詩中寫到「壬辰困重圍，金粟論升勺。明年出青城，瞑目就束縛。毫釐脫鬼手，攘臂留空橐。聊城千里外，狼狽何所託。諸公頗相念，餘粒分鳧鶴」（〈學東坡移居〉），眞是「九死餘生氣息存」（〈秋夜〉），「憔悴南冠一楚囚」（〈夢歸〉）。他的〈鷓鴣天〉詞則說：

> 短髮如霜久已拚，無冠可掛更須彈。初聞古寺多帳鬼，又說層冰有熱官。　　閒處坐，靜中看。時情天意酒杯乾。籬邊老卻陶潛菊，一夜西風一夜寒。

前片形容淪爲階下囚的艱困生活，後半則在閒坐靜思中，認定「老眼天公只如此」（〈喜李彥深過聊城〉），以前家國還在，雖然明知「一線微官誤半生」（〈南鄉子〉），還是知其不可爲而爲，如今國破山河改，他打算如那淵明愛賞的菊花般，在風寒中做個有志節的隱士，再也不出仕了。這首詞中，以菊花的意象抒寫心志，比詩中內容更爲豐富。

他在聊城被羈管了兩年後，重獲自由，移居到冠氏（今山東冠縣），依冠氏令趙天錫居住，內心十分孤寂。一方面是傷痛亡國，一方面是深念并州家山。他說：

> 世事悠悠天不管，春風花柳爭妍。人家寒食盡藏煙。不知何處火，來就客心然。　　千里故鄉千里夢，高城淚眼遙天。時光流轉雁飛邊。今春看又過，何日是歸年。（〈臨江仙〉）

從詞意看，這首是做於清明寒食節。先以春天的景色花柳爭妍，襯映國亡之後，悠悠萬事，不堪聞問。接著以寒食禁火，來烘托已如槁木死灰的孤臣孽子之心。下片寫上高城淚眼遙望家山，只見雁群飛回塞外故土，而自己卻人在天涯，眞是「客枕三年，故國雲千里」（〈點絳脣〉），思歸之初，溢於言表。

不只高城淚眼遙望故鄉，即使夜裡，也是歸夢連連。如〈點絳脣〉：

> 連夜春寒，夜來好夢孤衾暖。寺樓鐘斷，卻恨更籌短。　　一點閒情，苦被離愁管。西城晚，雁飛天遠，草色歸心滿。

也是見雁回塞北，人滯西城，而綿綿青草，無窮無盡，更使歸心愁緒，亦綿綿無盡。他有另一首詩，則是睹月思鄉，他說「聊城今夜月，愁絕未歸人」（〈十二月六日〉），可爲以上詞意佐證。

蒙古太宗九年，遺山四十八歲，終於能重回自己的故鄉并州忻縣，他說「夢寐見并州，今朝身到」（〈感皇恩〉）。這次回來距他上次離家，已整整二十年，眞是「并州一別三千里，滄海橫流二十年」（〈初挈家還讀書山〉）了。但是，家山雖在世事已改；歷劫餘生，家國之恨，滄桑之感，紛至遝來，他不禁沈痛地寫道：

> 華表歸來老令威，頭皮留在姓名非。舊時逆旅黃粱飯，今

> 日田家白板扉。　　沽酒市，釣魚磯。愛閒眞與世相違。
> 墓頭不要征西字，元是中原一布衣。（〈鷓鴣天〉）

他以丁令威化作遼東鶴的典故，說出歷劫歸來，只見荒塚纍纍；而自己九死一生，性命僅存的驚懼與悲痛。回憶前塵往事，只如黃粱一夢，如今橫木爲門，再也不出仕任官了。沽酒釣魚，度我餘生，從今以後，我不過田間一介平民，再也不要提什麼封侯萬里，立功邊疆了。這詞，撫今追昔，眞是「長空澹澹，事往情留」（〈木蘭花慢〉）。青年的雄心壯志，本欲「談笑得封侯」（〈木蘭花慢〉），也曾經「愁裡狂歌濁酒，夢中錦帶吳鉤」（〈木蘭花慢〉），如今只餘黃粱夢醒的酸楚。面對「眼中華屋記生存，舊事無人可共論」（〈初挈家還讀書山〉）的景象，也只能「故家人物，慨中宵，拊枕憶同遊」（〈木蘭花慢〉）了。眼前身爲一介布衣，再「不用聞雞起舞，且須乘月登樓」（〈木蘭花慢〉），今昔對比，身世之痛，令人慨嘆！

遺山另外有一首〈定風波〉詞，同樣把造化弄人之歎表露無遺。他在題序中說：

> 楊叔能歸淄川，予別於山陽，作〈鷓鴣天〉詞留贈云：「邂逅梁園對榻眠。舊游回首一淒然。當時好客誰爲最，李趙風流兩謫仙。　　居接棟，稼鄰田。與君詩酒度殘年。飄零南北如相避，開歲還分隴上泉。」因用其意答之。李、趙謂閑閑公與屏山也。

楊叔能的這首詞是追敘當日與遺山在汴京爲官，同遊於趙秉文、李屛山門下，一時詩酒風流的盛況，只是物換星移，人事已非，回首淒然。遺山答云：

> 白髮相看老弟兄。恨無一語送君行。至竟交情何處好？向道。不如行路本無情。　　少日龍門星斗近。爭信。淒涼湖海餘寄生。耆舊風流誰復似。從此。休將文字占時名。

上片珍惜兩人半生交誼。「不如行路本無情」，慨歎至情知己，卻要忍受天涯遠隔之苦，反不如本路人的無情，就不會有離別之感了，用語深折，至深之情誼曲達無餘。下片「少日龍門星斗近。爭信。淒涼湖海寄餘生」，是人生際遇不逆料的惋歎。想當年遊於趙李之門的「神童」、「元才子」，真是文曲星眷顧的寵兒，龍門裡頭角崢嶸、英才駿發的少年，前程燦爛似錦，立功名世似乎即眼前，怎知一場驚天動地的世變，卻成了華表歸來的丁令威，面對的是「城郭依舊人民非」，不僅耆舊間的詩酒風流，永不可再，更是「事去英雄空淹涕」（〈玉樓春〉），所以說「休將文字占時名」了。

血淚交迸的身世，使他老來「零落棲遲感興多」，所以「酒杯直欲捲銀河」（〈鷓鴣天〉）。醉後則「長袖舞，抗音歌。月明人影兩婆娑」（〈鷓鴣天〉）。喝酒，使一切遺憾悲憤，激楚怨抑，都暫時得以撫平，得到慰解，所謂「一斗都澆磈磊平」（〈鷓鴣天〉）。也是他「少日不能觴，少許便有餘」，而今卻「一日不自澆，肝肺如欲枯」（〈後飲酒〉）的真正原因。所以他另一首〈鷓鴣天〉詞後片也說：

> 歌浩蕩，酒淋浪。浮雲身世兩相忘。孤峰頂上青天闊，獨對春風舞一場。

這就是他醉翁之意不在酒，而在於暫時忘懷浮雲蒼狗般，變幻莫測的身世啊！

遺山一生顛躓坎坷，上天給了他最好的稟賦資質，卻讓他生在最黑暗動蕩的時代。他的深自愛惜，深自期許，卻經歷了最淒涼悲苦的境遇。趙翼在〈題遺山詩〉中云：「國家不幸詩家幸，賦到滄桑句便工」，雖是的論，但這「血淚書」成的文字，代價實在太高了。

五、睠懷故國的沈痛蒼涼

金亡之後，遺山有一些抒發黍離麥秀之悲，易代滄桑之感的作品，寫來悲涼沈摯、怨抑激楚，是《遺山樂府》的精華所在。這類作品並不像他的喪亂詩「百二山河草不橫，十年戎馬暗秦京」（〈岐陽三首之二〉）那樣，直接描繪戰亂的悲劇場面，而大都是回憶與感慨交織，用比興蘊藉之法，騰挪跳宕之筆，寄託他悼念亡國的沈哀深痛。

越是百感交集，愈是攝人心魄，達到了很高的藝術成就。

例如下面這首〈木蘭花慢〉：

> 擁都門冠蓋，瑤圃秀，轉春暉。悵華屋生存，丘山零落，事往人非。追隨。舊家誰在，但千年、遼鶴去還歸。繫馬鳳凰樓柱，倚弓玉女窗扉。　　江頭花落亂鶯飛，南望重依依。渺天際歸舟，雲間汀樹，水繞山圍。相期。更當何處，算古來，相接眼中稀。寄與蘭成新賦，也應爲我沾衣。

此詞是遺山在癸巳年（1233），汴京破後之作。當時他以金國官員的身分淪爲亡國俘虜，等待發遣，心中哀痛已極，發爲言詞，淒婉哀怨。開頭三句，寫汴京昔日繁華。接著忽然一轉，化用曹植〈箜篌引〉「生存華屋處，零落歸山丘」詩意，以人之死喻國之亡。而「遼鶴去還歸」句，是用《搜神記》所載，丁令威學道千年，化鶴歸遼東，慨嘆故鄉「城郭如故人民非」的故事，隱喻此後如有遺民重來汴京，將會有「遼鶴歸來」之感。結處「繫馬」二句，是借用庾信〈哀江南賦〉中「依弓於玉女窗扉，繫馬於鳳凰樓柱」句意，比喻蒙古士兵對金朝宮庭的蹂躪。下片即景寓情，借傷春惜春以喻其亡國之痛，幽怨之懷。「相期。更當何處」二句，則是慨嘆國亡之後，難以復興，就像人間離別之後，難以相期。結尾處又綰歸「蘭成新賦」，點出亡國的悲哀。整首詞，充滿悽惘之感，嗚咽之音，眞是「亡國之音哀以思」，感人至深。

另外一首〈浣溪沙〉，也是同時所作，即：

> 日射雲間五色芝，鴛鴦宮瓦碧參差。西山晴雪入新詩。
> 　　焦土已經三月火，殘花猶發萬年枝。他年江令獨來時。
> （往年宏辭御題有西山晴雪詩）

全篇詞採今昔盛衰對舉之法，寫世事之變遷，道出無盡哀痛。遺山另有〈癸巳四月二十九日出京〉詩云：「塞外初捐宴賜金，當時南牧已駸駸。只知灞上眞兒戲，誰謂神州遂陸沉。華表鶴來應有話，銅槃人去亦何心？興亡誰識天公意，留著青城閱古今。」以及〈俳體雪香亭雜詠十五首〉，大抵是同時所作，都表現出孤臣孽子絕望的哀痛，其中如「暖日晴雲錦樹新，風吹雨打旋成塵。宮園深閉無人到，自在流鶯哭暮春。」可與此詞參看印證。

癸巳五月，遺山以亡金俘虜北渡，被羈管於聊城。明月之夜，回思前塵往事，煙花故國，恍如一夢，他寫下了〈江城子〉詞：

> 二更轟飲四更回。宴繁臺。盡鄒枚。誰念梁園，回首便成灰。今古廢興渾一夢，憑底物，寄悲哀。　　青天蕩蕩鏡匣開。月光來，且徘徊。何用東生，西沒苦相催。世事悠悠吾老矣，歌一曲，盡餘杯。

前段也是以故國昔日京城繁華，詩酒風流，與今日萬象灰飛煙滅相對比。後片則睹月思鄉，撫今追昔，無盡感慨。與其〈十二月六日〉詩中的「草棘荒山雪，煙花故國春。聊城今夜月，愁絕未歸人」，情景正相似，應是同時所作。

此後，遺山不斷有此類作品，如在聊城的第二年乙未（1235）所作〈南鄉子〉，有「座上有人持酒聽，悽然。夢裡梁園又一年。」又戊戌年（1238）他在冠氏時所作〈水龍吟〉也說：「一枕開元，夢悦猶記，華清天上。對昆明火冷，蓬萊水淺，新亭淚，空相向。」這些無不充滿著滄桑易代之感，而老臣故國之思，悲溢言表。

遺山後來返回故鄉忻州，絕意仕進，致力於著述存史，乃奔走各地，搜集遺聞逸事。蒙古乃馬眞后稱制之癸卯年（1243），他到了燕京。燕京是金的中都，他看到舊京風物，不禁悲從中來，作成了〈朝中措〉詞云：

> 盧溝河上度旃車，行路看宮娃。古殿吴時花草，奚琴塞外風沙。　　天荒地老，池臺何處，羅綺誰家。夢裡數行燈火，皇州依舊繁華。

上片點明時事地點，下片「天荒地老」二句，慨嘆故朝往日的「池臺」、「羅綺」，如今安在。「夢裡」二句最沈痛，皇州繁華依舊，而朝代已經更換了。另外一首〈南鄉子・九日同燕中諸名勝登瓊華故基〉〔註13〕詞亦云：

樓觀鬱嵯峨。瓊島煙光太液波。眞見銅駝荊棘裡。摩挲。前度青衫淚更多。

勝日小婆娑，欲賦蕪城奈老何。千古廢興同一夢，從他。且放雲山入浩歌。

此詞是登瓊華島故基所作，與前一首一樣，都是用澹宕之筆，寫沈鬱之思。瓊華島乃金世宗所營建，大定十九年（1179）在中都外興建太寧宮（後改壽寧、壽安、萬寧），環湖而建，苑囿中有瓊華島等。〔註14〕遺山見金朝宮苑人去臺空，不禁興銅駝荊棘之悲，而灑青衫之淚。又不禁聯想到鮑照賦中「蕪城」，十分沈痛。遺山有〈出都〉詩二首，亦是此時所作。詩云：「漢宮曾動伯鸞歌，事去英雄可奈何。但見觚稜上金爵，豈知荊棘臥銅駝。神仙不到秋風客，富貴空悲春夢婆。行過蘆溝重迴首，鳳城平日五雲多。」其二云：「歷歷興亡敗局棋，登臨疑夢復疑非。斷霞落日天無盡，老樹遺臺秋更悲。滄海忽驚龍穴露，廣寒猶想鳳笙歸。從教盡剗瓊華了，留在西山儘淚垂。」（自注：壽寧宮有瓊華島，絕頂廣寒殿，近爲黃冠輩所撤。）詩中悲慨故國之情可與此二詞參詳。

除了北上燕朔，遺山也東至山東，南下河南。在河南，除搜集史料外，迎母柩歸葬故鄉，亦是主因。甲辰年（1244）秋至丙午年秋（1246），遺山往來河南各地，所到之處，歷歷往事，一一浮現眼前。雖然江山依舊如畫，只是天地無情，改朝易代的殘酷現實，只有使他老淚縱橫，不能自己。如下面這首〈滿江紅・再過水南〉：

問柳尋花，津橋路，年年寒節。佳麗地，梁園池館，洛陽城闕。白鶴重來人換世，淒涼一樹梅花發。記水南、昨暮

〔註13〕此詞彊村本《遺山樂府》未錄，選自唐圭璋《全金元詞》本《遺山樂府》。

〔註14〕見陶宗儀《輟耕錄》。

賞春回，今華髮。　　金鏤唱，龍香撥。雲液暖，瓊杯滑。料羈愁千種，不禁掀豁。老眼只供他日淚，春風竟是誰家物。恨馬頭、明月更多情，尋常缺。

世事浮雲，白衣蒼狗，國已亡，人已老，一切只有醉後才能忘卻興亡。「老眼只供他日淚，春風竟是誰家物」，沈痛已極，十分感人。

另外，遺山有以〈鷓鴣天〉調所作的「宮體」八首，「薄命妾」三首，雖無明文可考爲何年所作，但揆諸詞意，應是作於金亡之後。這些詞的特色，是以美人香草來寄託其黍離麥秀之感，乃《遺山樂府》中特有寓意的一種。如「薄金妾」三首。

複幕重簾十二樓，而今塵土是西州。香雲已失金鈿翠，小景猶殘畫扇秋。　　天也老，水空流。春山供得幾多愁。桃花一簇開無主，儘著風吹打休。(其一)

顏色如花畫不成，命如葉薄可憐生。浮萍自合無根蒂，楊柳誰教管送迎。　　雲聚散，月虧盈。海枯石爛古今情。鴛鴦隻影江南岸，腸斷枯荷夜雨聲。(其二)

一日春光一日深，眼看芳樹綠成陰。娉婷盧女嬌無奈，流落秋娘瘦不禁。　　霜塞闊，海煙沈。燕鴻何地更相尋。早教會得琴心了，醉盡長門買賦金。(其三)

三首連貫，乃寫一個女子身世的變化。由繁華而零落，由歡聚而離散；如花落水流，春光不返。縱有海枯石爛之眞情，無奈鴛鴦隻影江干。象徵金亡之後，自己天涯淪落，如浮萍無根，楊柳飄拂，沈煙霜塞，何地相尋。寄懷故國，無限深悲，纏綿怨苦。誠如況周頤《蕙風詞話》所評的：「蕃豔其外，醇其至內，極往復低徊，掩抑零亂之致。」趙翼《甌北詩話》亦云：「以宗社邱墟之感，發爲慷慨悲歌，有不工而自工者。此固地爲之也，時爲之也。」知人論世，確爲的論。

六、著述存史的遺民志節

晚年的遺山，日以編史及吟詠詩詞爲務，多年的離亂飄泊，已由隱居家鄉的平靜安寧所取代，心情也由激楚怨抑漸趨澹泊和平。發之於詩詞，有堅貞卓絕的遺民志節，也有白髮蒼顏的寧謐安祥；有檢點平生的追憶自省，也有管山管水的閒適自在。尤其在詞中，各種老節孤懷，蔚成境界高絕，情味深長的作品。篇篇都值得誦讀再三，吟詠久之。

「閒來檢點平生事，天南地北，幾多塵土，何限風波」（〈促拍醜奴兒〉）。簡單的幾句，道出了他命運坎坷，歷經滄桑的一生。以詩酒慰藉老懷的遺山，隱居田園，追憶平生，當年志在「麟閣畫、祖生鞭」（〈鷓鴣天〉）的青年，經歷了「算萬里功名，幾番風雨，何限雲沙」（〈木蘭花慢〉）的離亂中年後，是「老來事事消磨盡」（〈鷓鴣天〉），只希望過「占一丘一壑婆娑」（〈促拍醜奴兒〉），「與鄰屋共煙霞」（〈木蘭花慢〉）的隱居生活。下面這首〈石州慢〉，就是他來追懷感慨之作：

> 兒女籃輿，田舍老盆，隨意林壑。三重屋上黃茅，賴是秋風留著。舊家年少，也曾東抹西塗，鬢毛爭信星星卻。歲暮日斜時，儘棲遲零落。　　如昨。青雲飛蓋追隨，傾動故都城郭。疊鼓凝笳，幾處銀屏珠箔。夢中身世，只知雞犬新豐，西園勝賞驚還覺。霜葉晚蕭蕭，滿疏林寒雀。

開頭是眼前老境生活的描寫，而「隨意林壑」則加強了曠達閒適的意味。「屋上黃茅」，幸未被秋風吹落，尚有棲身之所，可謂幸於老杜；也說明了孤懷堅貞，不慕榮利的志節，以及心靈自由，無損山居之樂的曠達。「舊家」二句，則追思前事，文采風流的并州少年，如在眼前。「歲暮」二句，倏然回到眼前，國亡人老，親故凋零殆盡，只有「棲遲零落」足以形容。下片再由當前追憶往昔，「青雲飛蓋」云云，極寫往日的意氣飛揚；然後筆勢一轉，突然驚覺這一切不過是「夢中身世」，眼前但有疏林寒雀，霜葉蕭蕭罷了。全篇筆致錯綜跳接，忽今忽昔，時喜時悲。尤其結句以景寓情，老而彌堅之遺民志節，言外可喻。

另外一首〈定風波〉，則是以比興之筆寓託往事素志：

> 小口香來醉夢中，夢回幽賞惜匆匆。只道南枝開未半。誰喚。等閑都逐晚雲空。　　瀟灑小溪新雪後。唯有。蕭蕭霜葉臥殘紅。幾欲問花應有恨。休問。爭教不肯嫁春風。

整首表面是惜花傷春，其實是借落花殘紅來感嘆身世，表明心志。首二句以夢醒追惜幽賞入手，接云「只道南枝開未半，誰喚。等閒都逐晚雲空」，明是惜春，其實是自喻少負濟世救民之心，無奈世亂國亡，壯志未酬，轉瞬一切成空。過片雪後萬卉凋零，是暗喻國亡之後，志士零落，而霜葉殘紅，則是晚節彌堅，經霜彌健之表白。歇拍則是設問自答，以落花之不肯嫁春風，暗喻自己抗節不仕之老懷晚志。整首是藉物興感，因事喻志之作，技巧高超，情味感人。

遺山述志，也有借古人為喻的。如〈鷓鴣天〉：

> 拍塞車箱滿載書，梁鴻元與世相疏。只緣攜手成歸計，不恨埋頭屈壯圖。　　蒼玉研，古銅壺。坐看兒輩了耕鋤。年年此日如川酒，千尺青松儘未枯。

這首是借東漢梁鴻、孟光攜手歸田，過隱居耕讀的生活，來比喻晚年不再出仕的決心。而「不恨埋頭屈壯圖」，國事既已不可為，則埋首著述，壯圖為屈亦不以為恨。下片「玉研」、「銅壺」，是著述存史志意的寫照。結句的「千尺青松儘未枯」，則是含意深長的比喻：遺山有〈種松〉詩云：「百錢買羔松，植之我東牆。汲井涴塵土，插籬護牛羊。一月三摩挲，愛比添丁郎。昨宵入我夢，忽然變昂藏。昂藏上雲雨，慘澹含風霜。起來月中看，細鬣錯針芒。惘然一太息，何年起明堂。鄰叟向我言，種木本易長。不見河畔柳，顧盼百尺強。君自作遠計，今日何所望！」詩詞皆以「千尺青松」的「慘澹含風霜」自比。而詩中欲以青松起明堂，更可見其保全文化，著述存史的苦心，亦即詞中「千尺青松儘未枯」的旨意所在。則其抗節不仕，隱居終老之志節可知矣。另一首〈鷓鴣天〉亦云：

> 枕上清風午夢殘，華胥東望海漫漫。湖山似要閒身管，花柳難將病眼看。　　三徑在，一枝安。小齋容膝有餘寬。鹿裘孤坐千峰雪，耐與青松老歲寒。

先寫老來不問世事，管竹管山管水的平澹自然。繼而抒寫隱居不仕，安貧樂道的心志。結句更以堅冰清雪、歲寒青松，把「造物留此筆，吾貧復何辭」(〈學東坡移居八首之二〉)的修史心志,做了最好的比喻表白。

遺山的遺民志節,在詞中除以青松自比外,也以寒梅自喻。如〈好事近・冬夜有懷〉云:

> 夢裡十年心,情味夢回猶惡。枕上數行清淚,被驚烏啼落。
> 　　西窗瓶水夜深寒,梅花瘦如削。只有一枝春在,問東君留著。

這闋詞,不僅幽深孤峭,境界獨絕,而且含蘊豐富,一言難盡。首言金亡雖已十年,可是椎心刺骨之痛,並未因時光推遷而消逝,所以午夜夢回,情味猶惡。接下去進一步形容夜深不寐的情景,而窗外烏啼,竟然驚人落淚濕枕,可見幽絕之人,往日的情懷大有無可告語者在。換頭以冬夜瓶水深寒,一枝梅花如削,比喻自己心境的孤寂與志節的堅貞,意象鮮明,境界幽絕。結拍句以「一枝春在」,點出要以未死之身,完成保存國史的命脈。悠長不盡之意,盡蘊其中,讀之令人不禁掩卷長嘆!

遺山晚年,讀書著述,勠力保全文化,固是他積極救世的志業所在,而詩酒則是安慰零落老懷的靈丹妙藥。他說「老來詩酒堪任」,「不醉如何」(〈促拍醜奴兒〉)。又說:「百年同是行人,酒鄉獨有歸休地」(〈水龍吟〉)。所以他有時是「一杯到手,人間萬事,俱然少味」(〈水龍吟〉);有時則是「悲歌慷慨人爭和,醉墨淋漓自笑顛」(〈鷓鴣天〉)。而這些情形卻是「算爲狂爲隱,非狂非隱,人誰解,先生意」(〈水龍吟〉)。可見他的狂,他的隱,背後蘊藏了多少生不逢辰的浩嘆,國破家亡的深悲。他有一首〈最高樓〉,就是把這種情懷態度做了詮釋。詞云:

> 商於路,山客遠來稀。雞犬靜柴扉。東家歡飲薑芽脆,西家留宿芋魁肥。覺重來,猿與鶴,總忘機。　　問華屋、高貲誰不戀。問美食、大官誰不羨。風浪裡,竟安歸。雲山既不求吾是,林泉又不責吾非。任年年,藜藿飯,芰荷衣。

「商于」位在河南內鄉淅川一帶,早年遺山曾任此地縣令。當時他深愛此地遠離紅塵，民情純樸，曾打算「他日作桐鄉」(〈臨江仙〉)，以爲晚年埋骨之所。這首則是他於國亡後十餘年，重回此地，迎載母柩歸葬家鄉時所作。前片寫重回舊地，不僅昔日父老，東家歡飲，西家留宿的熱情款待，甚且「覺重來，猿與鶴，總忘機」，連山禽野獸都像舊盟老友一般的忘機相得。下片轉爲抒懷，同時亦是看破世事，不沾滯於外物，眞心退隱的表白。以高貲華屋，大官美食爲言，「誰不戀」、「誰不羨」，更是直陳心事。「風浪裡，竟安歸」，則是身歷驚濤駭浪後，對功名利祿的認知深刻，故超然高舉，歸老田園的說明。故最後結出以「藜藿飯，芰荷衣」清貧終老的心志。此詞看似疏淡，其實有無限惋歎之聲。他另有一首〈鷓鴣天〉詞，也是晚年看清世態，隱居不仕的描寫：

> 偃蹇蒼山臥北岡，鄭莊場圃入微茫。即看花樹三春滿，舊數松風六月涼。　　蔬近井，蜜分房。茅齋堅坐有藜床。傍人錯比揚雄宅，笑殺韓家晝錦堂。

此篇主要是通過平淡清新的農村景物的描寫，表現自己淡泊超曠之情志。首二句以偃蹇蒼山，微茫場圃的遠景，描繪出鄉村的寧靜、遼闊，是實寫景色，也表達自己遠離世俗塵囂的心境。接下去寫春滿花樹、松風送涼的近景，同時傳達了物我合一的「無我之境」。下片三句寫自己的田家生活。而藜床堅坐，也點明了生活清貧，心境愉悅的生命情調。結拍二句，千鈞一擊，是身世之悲的另一種方式的沈痛表白。揚雄，西漢文學家，不慕榮利，獨以文章名世。韓琦，宋樞密使，功成名就，衣錦榮歸，築晝錦堂，豪華綺麗。「傍人錯比揚雄宅」是對旁人之以揚雄作比，加以否定；而「笑殺韓家晝錦堂」，則表明不慕榮利，自甘淡泊的心境。當然，他的不願自比揚雄，不屑韓家晝錦，是有他「少日龍門星斗近。爭知。淒涼湖海寄餘生」(〈定風波〉)的酸楚在，所以這詞一面追憶平生，一面寫老節孤懷的隱居生活，平淡疏蕩中，交雜了沈鬱蒼涼，又是另一種型態的抒寫方式。

遺山晚年，心情漸趨平淡，或閒看兒戲嬉戲，或靜賞杏花海棠。

如他的〈壬子寒食〉詩云：「兒女青紅笑語譁，秋千環索響嘔啞。今年好箇明寒食，五樹來禽恰放花。」〈鷓鴣天〉詞亦云：「酒與濃於琥珀濃，爭教相望水西東。人家寒食清明後，天氣輕煙細雨中。花不盡，柳無窮。賞心難是此時同。阿連近日歌喉穩，唱得春窗燭影紅。」（阿連爲遺山次子）已不復有中年時的蒼涼悲慨。又如他在〈同兒輩賦未開海棠〉詩云：「枝間新綠一重重，小蕾深藏數點紅。愛惜芳心莫輕吐，且教桃李鬧春風。」他的不肯「輕吐芳心」，是他遺民志節的表露，而他的〈人月圓〉詞，也有相同的情趣：

> 重岡已隔紅塵斷，村落更年豐。移居要就，窗中遠岫，舍後長松。　十年種木，一年種穀，都付兒童。老夫唯有，醒來明月，醉後清風。

重岡隔斷紅塵，移居要就遠岫，象徵了他愛惜芳心，不肯輕吐的高潔志意與情操；明月清風，則是他晚年平靜澄澈心懷的寫照，也是一生「幾多塵土，何限風波」（〈促拍醜奴兒〉）後的最好安慰。

七、誠摯熱烈的情感生活

古今中外成大事業者，或傑出的詩人藝術家，無不生來誠摯熱情，敏銳易感；而所有優秀的藝文作品，也都必須具備眞實、眞誠、眞摯的條件。從以上兩方面觀察，遺山詞作可說充份表達了他的眞性情、眞熱腸。除了前述的瞻懷故國及悲嘆身世等作品中，已頗能見出他的心靈性情外，我們從他日常生活中，對父母妻兒，朋友知交，以及天地萬物，無不一往情深，熱烈誠摯；因而發之於詩詞，無論送別、慶賀、哀輓、題贈、詠物等，都是感情深切，生動感人的好作品。

遺山是個孝子。當他的嗣父元格身患疽病時，由於不懂藥理，無法及時延醫對治，事後雖得知藥方，已經於事無補，只有引以爲憾。〔註 15〕由於嗣父的早逝，遺山全靠慈母養大，是以特別孝事週到。蒙古兵亂方起，即奉母兼程南渡避禍，親自照拂其生活起居，晨昏定省，

〔註 15〕詳見《續夷堅志》卷二頁 13〈背疽方〉條。

十分留心。如他在詩中曾說：「六月渡盟津，十月行汜水。風濤脫險舟，冰雪危墜指。孝子在中野，永念負甘旨。家貧親已老，形廢心欲死。古稱季路孝，負米曾百里……遙知慈母心，已爲烏鵲喜。」（〈送欽叔內翰并寄劉達卿郎中白文舉編修五首之二〉）又說：「帝城西下望孤雲，坐廢晨昏愧此身。」（〈帝城二首之二〉）至母親大故，即罷官守喪，並謝絕鄧州幕府的徵辟。由於長年兵亂，生計困窘，直到晚年，還爲母柩歸葬事，多方奔走，最後才得以由河南歸葬家鄉，可見他的孝養無虧了。

雖然遺山出生甫七個月，即過繼給叔父元格爲嗣子，但對生父德明，也時時感念不已。當其晚年回到故鄉，重遊昔日生父經常遊憩之讀書山時，見林泉池柳、杖履琴樽等物，無不觸動他的心弦，寫下了〈九日讀書山〉詩：「昔我東巖君，曾此避塵喧。林泉留杖履，歲月歸琴樽。翁今爲飛仙，過眼幾寒暄。蒼蒼池上柳，青松見諸孫。疎燈照茅屋，新月入頹垣。依依覽陳跡，惻愴不能言。」傷痛哽咽，自然流露。

遺山既是孝子，同時也是慈父，眷愛兒女，無微不至。如他的〈夜雪〉詩說：「三更殘醉未全醒，夢裡嬌兒索乳聲。茅屋不知門外雪，黃紬衾煖紙窗明。」是多麼溫馨感人的情境。又如〈阿千始生〉〔註 16〕及〈即事〉〔註 17〕兩首詩，也表現了初爲人父的喜悅及對幼子成爲龍鳳的期望。在詞中，他對長子叔儀（阿千）、次子叔開（阿寧）、三子叔綱（阿中）天眞活潑的乳臭憨勁，也都有生動的描寫，如〈眼兒媚〉詞寫的是叔儀：

> 阿儀醜筆學雷家，繞口墨糊塗。今年解道，疏離凍雀，遠樹昏鴉。　　乃公行坐文書裡，面皺鬢生華。兒郎又待，

〔註 16〕《詩集》卷七頁 323。詩云：「四十舉兒子，提孩聊自誇。夢驚松出笋，兆應竹生花。田不求千畝，書先備五車。野夫詩有學，他日看傳家。」

〔註 17〕《詩集》卷十二頁 589。詩云：「四長東州貢姓名，阿茶能講木蘭行。元家近日添新喜，掌上寧兒玉刻成。」

吟詩寫字，甚是生涯。

〈清平樂〉則是嘲兒子阿寧：

嬌鶯婭姹，解說三生話。試看青衫騎竹馬，若箇張萱許畫。　　西家撞透煙樓，東家談笑封侯。莫道元郎小小，明年部曲黃牛。

又如〈定風波〉是爲阿中晬日所作：

五色蓮盆玉雪肌，青搽紅抹總相宜。且道生男何足愛。爭奈。隆顱犀角眼中稀。　　六十平頭年運好。投老。大兒都解把鋤犁。醉眼看花驢背上。豪放。阿寧扶路阿中隨。

親子之情，天倫之樂，是遺山詞作中，少有的歡樂之趣。他的一生是坎坷多舛的，幸好子女的活潑可愛，給了他最大的心靈安慰。尤其身處離亂的時代，他也特別珍惜一家團圓的生活，只要出門在外，必然深深惦記兒女，如他的〈客意〉詩云：「雪屋燈青客枕孤，眼中了了見歸途。山中兒女應相望，十月初旬得到無？」在〈清平樂〉詞中，他也如此寫道：

悲歡聚散，世事天誰管。梳來梳去雙鬢短，鏡裡看看雪滿。　　燕南十月霜寒，孤身去住都難。何日西窗燈火，眼前兒女團欒。

這些都是有意無意間，自然流露的慈父之情，讀來十分動人。

遺山四十三歲時，不幸遭到了喪妻之痛，原配張夫人卒於南陽，半世扶攜，患難與共，如今半途折翼，心中的哀痛，可想而知。他作了〈三奠子〉詞：

悵韶華流轉，無計留連。行樂地，一淒然。笙歌寒食後，桃李惡風前。連環玉，回文錦，兩纏綿。　　芳塵未遠，幽意誰傳。千古恨，再生緣。閒衾香易冷，孤枕夢難圓。西窗雨，南樓月，夜如年。

深悲隱痛，寫來纏綿婉轉，令人讀之淒然。

遺山也能及人之幼，常關照他的孫姪，甚至於朋友之子。例如：

〈示姪孫伯安〉、〈示程孫四首〉、〈寄程孫鐵安〉等詩，都充滿了和藹慈祥的長者之愛。而〈得姪搏信〉、〈得一飛姪安信〉等詩，則流露出無限的關懷與欣喜。凡是兒女親人有不幸的，他更是悲痛欲絕：如〈清明日改葬阿辛〉詩，寫的是喪子之痛；〈哭延孫〉詩，則悲愛孫的夭折。在甜蜜的記憶與慘酷的現實交戰中，他的痛苦是可想而知了。遺山與白文舉，爲衿契之交。哀宗壬辰之難，文舉恰巧因事離京，與他年僅七歲的次子白樸（仁甫）遠隔。仁甫無依無靠，遺山收養了他。次年春天，京城變亂，於是遺山攜仁甫北渡黃河，到山東聊城。仁甫曾罹重病，遺山爲他延醫煮藥，日夜抱持，憐愛如己出。並且悉心教養，直到文舉北歸父子重聚爲止。〔註 18〕遺山這種精神，對仁甫一生的出處成就，有著極大的影響。

遺山生性樂易，所以交遊廣闊。據清施國祁的統計，僅年齡可考的就有四十五人。〔註 19〕遺山詩中，有許多題爲「贈友」、「別友」、「寄友」、與「弔友」的篇章，無不眞摯動人。而詞中，注明題贈、送別、廣賀、哀輓之作，即近五十首之多，此固與南宋以來，以詞酬贈的風氣流行有密切關係，〔註 20〕但是遺山所作，切人切事，俱見性情，很少頌禱鋪張的濫調。如他敘友情的〈江城子・寄劉濟川〉云：

……人生難得老來閒。記清歡，見君難。長路悠悠，回首暮雲還。斷嶺不遮南望眼，時爲我，一憑欄。

如〈定風波・別楊叔能〉云：

白髮相看老弟兄，恨無一語送君行。至竟交情何處好。向

〔註 18〕詳見白樸《天籟集・附元順帝至元七年王博文序》。

〔註 19〕詳見施國祁《遺山詩集箋注》頁 63～64 所附年譜後之解說。

〔註 20〕據黃文吉《宋南渡詞人》第三章第六節〈詠物節序之作興盛〉云：「詞的實用價值最大的，莫過於壽詞與贈和這兩方面。壽詞的興盛是北宋後期的事……直到黃庭堅又能見到幾首，以後逐漸流行，壽詞就變成一種尋常的酬酢工具。南北宋之交，這種風氣達到極點，南渡詞人作品中，幾乎是無人不寫壽詞的。……彼此和韻酬唱，似乎是由張先開始。蘇軾以詩爲詞，接著推波助瀾這股風氣，東坡樂府中贈和作品非常多，從此以後，也就無人不用詞酬贈唱和了。」

道。不如行路本無情。……

又如〈臨江仙・留別郝和之〉云：

……九萬里風安稅駕，雲鵬悔不卑飛。回頭四十七年非。何因松竹底，茅屋老相依。

再如〈浣溪沙・別緯文張兄〉云：

……兩地相望今夜月，一尊不盡故人情。老懷牢落爲誰傾。

都洋溢著深厚的友誼，也是向友人傾吐心中情愫的眞摯之作。同時，遺山對朋友遭遇，更是感同身受，毫無炎涼之態。如良佐繫獄，〔註21〕他有詞相寄，勸他「等閒榮辱不須驚」（〈浣溪沙〉）。而李長源被放，〔註22〕他爲之不平，〈水調歌頭〉詞有云：

相思一尊酒，今日盡君歡。長歌一寫孤憤，西北望長安。鬱鬱閶門軒蓋，浩浩龍津車馬，風雪一家寒。鐘鼓催人老，天地爲誰寬。……

誠摯的友誼，教人感動！

另外，遺山這類寄贈的詞，都相當切人切事，如他的好友雷淵（獻能）〔註23〕要到徐州去任職，送他一首〈滿江紅〉詞，下片說：

淮海地，雲雷夕。自不負，髯如戟。望幕中談笑，隱然勍

〔註21〕良佐即完顏彝，小字陳和尚。事蹟見《金史》卷一百二十三〈忠義傳〉。其兄完顏鼎，字國器，又名斜烈，金末鎮商州。兄弟二人爲金末傑出將領，皆與遺山友善。

〔註22〕李長源即李汾，平晉人。元光末，從事史館，以嫚罵長官罷。往說武仙，署行尚書省講義官，後爲武仙所害。汾恃才忤物，在史館時，雖雷淵、李獻能諸人皆不能容之，而遺山獨與之終身相厚，稱爲三知己之一。事蹟見《金史》卷一百二十六〈文藝傳〉。《中州集》卷十有小傳。

〔註23〕雷淵，字希顏，渾源人。崇慶二年進士，仕至監察御史，以公事免，後復起用，終於翰林修撰。哀宗正大八年卒，年四十八。《金史》卷一百一十有傳。遺山爲做墓志。淵爲金末豪傑之士，與遺山交誼甚篤。《中州集》卷六〈雷淵小傳〉云：「爲人軀幹雄偉，髯張口哆，顏渥丹，眼如望羊。遇不平則疾惡之氣見於顏間，或嚼齒大罵不休，雖痛自摧折，然猝亦不能變也。生平慕田疇陳元龍之爲人，而人亦以古人期之。」

> 敵。此老何堪丞椽事，佳時但要江山筆。向楚王台上酒酣時，須相憶。

此詞把雷淵嫉惡如仇，有俠士風骨，且才華橫溢的特性完全點出。要非對朋友認識真切，感情誠篤，焉能至此。又如贈詞給恃才忤物，性情褊躁的李長源，則規箴他說：

> ……人鮓甕，鬼門關。無窮人往還。求官莫要近長安，長安行路難。(〈鷓鴣天〉)

在在都可以見出朋友之義，知己之情！

至於他追懷亡友的詞，更是刻骨銘心，感人至深。如〈定風波．懷故人劉公景玄〉云：

> 熊耳東原漢故宮。登臨猶記往年同。底事愛君詩句好。解道。河山浮動酒杯中。　　存沒悠悠三十載。誰會。白頭孤客坐書空。黃土英雄何處在。須待。醉尋蕭寺哭春風。

故友已歿三十年，遺山懷念之心如初，而一己長年來的沈痛悲涼，無可告訴，只能一醉「哭春風」了。全詞盪氣迴腸，令人低抑。

總之，遺山是一位性情中人，他在離亂顛沛中，看多了親朋故舊生離死別，感慨獨深，曾有一首題爲「觀別」的〈江城子〉詞，很能看出他的多情多感：

> 旗亭誰唱渭城詩。酒盈卮，兩相思。萬古垂楊，都是折殘枝。舊見青山青似染，緣底事，澹無姿。　　情緣不到木腸兒。鬢成絲。更須辭。只恨芙蓉，秋露洗胭脂。爲問世間離別淚，何日是，滴休時。

詞從一己之別愁離思，連想到萬古以來，離人折柳送別的黯然魂消。因而不禁問道：世間何日才不再有別離之苦，不再滴離別之淚。

遺山對親人知友如此，對一般人，甚至於禽鳥卉木也沒有兩樣。如他聽了大名地方有一對少年男女，以婚事受阻而雙雙投荷塘自殺殉情，其後荷花開無不並蒂，感動之餘特爲作〈摸魚兒〉詞：

> 問蓮根、有絲多少，蓮心知爲誰苦。雙花脈脈嬌相向，只

是舊家兒女。天已許。甚不教、白頭生死鴛鴦浦。夕陽無語。算謝客煙中，湘妃江上，未是斷腸處。　　香奩夢，好在靈芝瑞露。人間俯仰今古。海枯石爛情緣在，幽恨不埋黃土。相思樹。流年度、無端又被西風誤。蘭舟少住。怕載酒重來，紅衣半落，狼藉臥風雨。

又如他十六歲時有葬雁的事，他說：「乙丑歲，赴試并州，道逢捕雁者云：『今日獲一雁，殺之矣。其脫網者悲鳴不能去，竟自投於地而死。』予因得之，葬之汾水之上，累石爲識，號曰雁邱。」他也因此作了〈摸魚兒〉詞以弔雙雁，詞云：

恨人間、情是何物，直教生死相許。天南地北雙飛客，老翅幾回寒暑。歡樂趣。離別苦。是中更有痴兒女。君應有語。渺萬里層雲，千山暮景，隻影爲誰去。　　橫汾路，寂寞當年簫鼓。荒煙依舊平楚。招魂楚些何嗟及，山鬼自啼風雨。天也妒。未信與、鶯兒燕子俱黃土。千秋萬古。爲留待騷人，狂歌痛飲，來訪雁丘處。

對并蒂的荷花，殉情的孤雁，寫得這麼鄭重其事，這麼纏綿悽惻。由小兒女及大雁的殉情，歌頌天地間一切至情，無不是「直教生死相許」，更可見出他內心深厚眞篤的情思了。張炎《詞源》稱許這二首詞：「妙在模寫情態，立意高遠。」可說止在形式技巧上繞圈子，並未觸及詞心本質，倒是清人許昂霄《詞綜偶評》所云：「綿至之思，一往情深，讀之令人低徊欲絕。」較能切中核心。

事實上，遺山這種天生的忠愛誠篤之情，對天地萬物的大有情，就是他早年濟世救民，中年感慨身世國事，晚年保全文化，著述存史的原動力。了解這一點，就可以明白他詞作中的萬殊面貌，都是出於其生命情意的一貫本質。而此一本質，則源自他那顆眞摯熱情、敏銳易感的心靈，加上後天教養操守，所形成的志意人格。所以尋本溯源，這是我們探討《遺山樂府》的內涵境界時，要特別注意的終極論題。

第五章　《遺山樂府》之表現藝術

有機的內容與完美的形式，是優秀的文學作品必備的條件，文如此，詩如此，詞亦不例外。有機的內容，必定是發自可貴的情性本質，是偉大的作家生命情志眞誠的流露，是以歷久彌新，千載之下，依然能與後世讀者，血脈相通，精神共感。完美的形式，則是有機的內容藉以表達顯現的工具，內容再好，再豐富，若無適恰的形式，巧妙的表達，作品也不容易達到同情共感，深入人心的藝術效果。

《遺山樂府》的內涵境界，在其萬殊面貌的題材內容中，有其生命情意的一貫本質爲基礎，已如前章所述。至於其表達藝術，亦自有其大家風範，特殊技巧。本章擬就其中意象的運用，映襯的技巧，情景的交融，及託喻的手法等，運用較頻繁，技巧較富特色的部分，加以深入研究。至於有關牌調詞韻的選擇運用，因詞樂失傳已久，又非專門從事聲學之研究，故不做統計歸納性質的專節列述，祇將直接有關部分援入風格一章，做爲形成主體風格之參考。另外一些疊字、對偶的應用技巧，因係詩詞中基本鍊字鍊句問題，也不擬列項分析，而在遇到運用巧妙的一篇警策處，才相機採證說明。其它如各種譬喻、摹寫、夸飾、設問、呼告等修辭手法，《遺山樂府》中可說是不一而足。爲免零碎割裂之失，也採隨時點明的方式處理，不再一一細分。期使《遺山樂府》的表現藝術，亦能如同其內涵境界一般，以完整有機的面貌呈現。

第一節　意象的運用

所謂的意象，是指外界人、事、物等客觀具體存在的物象，在經過詩人詞家主觀的選擇運用後，進入作品中重新呈現出來的面貌。而詩人詞家主觀的選擇運用，又包含有兩重加工：一方面是經過詩人詞家創作經驗的淘洗與篩選，以符合他們要表達的理想與趣味；另一方面則又經過詩人詞家思想感情的融合與點染，滲入了作者的人格和情趣。經過了這兩重的加工，客觀的物象進入作品中就成了意象。因此也可以說，意象是融入了主觀情意的客觀物象，或者是借助客觀物象表現出來的主觀情意。例如「梅」這個詞，表示一種客觀的事物，有它的形狀、顏色、氣味和特性，可是當詩人把它寫入作品中，並融入了自己的人格情趣、志意理想時，它往往帶有了清高芳潔、傲雪凌霜的意象。所以詩人在作品中選用「梅」這個意象時，也就是以梅來象徵自己的人格、志趣。〔註 1〕

意象一般除了可以是自然界的景物外，還包括人事界的事象。因此一些後世熟知的歷史人物、歷史事件，也常常成爲詩人運用的某種意象。而這種人事意象的運用，往往使詩詞中表現了跨越時空距離的廣遠意境，或產生了因異代同命的遭遇所呈現的特殊張力。

在遺山詞中，意象的運用俯拾即是，這是因爲他學養深厚，經歷豐富，藝術表達技巧，已臻一流大家之境界，有以致之。本節論析他對意象的選擇運用，是以歷史人物爲主，自然景物爲輔，希望由此可以見出他這方面運用的特色與技巧。

一、歷史人物

遺山詞中或抒壯懷，或嘆不遇，或傷亡國，或悲身世，往往選用契合情境的歷史人物來表達說明。若略加以分類，可大別爲英雄豪傑、詞賦大家、隱逸高士及名士狂生等。同時他攝入詞中的這些歷史人物，都與當時動蕩的時代環境及其身世境遇有類似處，是以透過這

〔註 1〕參見袁行霈《中國詩歌藝術研究》上編、〈中國古典詩歌的意象〉頁 61。

些歷史人物意象的運用，作品縮合了時空距離，使詞意更豐富，詞境更深折，同時又藉人們對這些意象人物的認知聯想及感情，更充分的表達了自己的志意襟抱，悲歡離合。以下試將其詞作中較常用的歷史人物，做一論析。

（一）英雄豪傑

由於當時蒙古的侵逼，社會的動蕩，及遺山個人強烈的用世之心與恢復之志，故他攝入詞中用以抒發豪情壯志的人物，以楚漢、三國及魏晉時逐鹿中原的英雄豪傑爲主。如楚漢相爭時的項羽、劉邦、韓信、彭越；又如三國時的曹操、陳元龍；東晉時的祖逖、王敦等。當然，大詞家的伎倆深不可測，這些歷史上的英雄豪傑之士，或正面用以譬喻一己之豪壯志業，或反面用以嘲諷自己的不爲世用與希望破滅。如：

> 擊筑行歌，鞍馬賦詩，年少豪舉。（〈石州慢〉）
>
> 中原鹿，千年後，儘人爭。……風雲寤寐，鞍馬生平。（〈三奠子〉）
>
> 醉來長袖舞雞鳴。短歌行。壯心驚。西北神州，依舊一新亭。（〈江城子〉）
>
> 風流千古短歌行，慷慨缺壺聲。想釃酒臨江，賦詩鞍馬，詞氣縱橫。（〈木蘭花慢〉）
>
> 伏櫪雄心，缺壺高唱，意氣不妨傾倒。（〈喜遷鶯〉）
>
> 問對酒當歌，曹侯墓上，何用虛名。（〈木蘭花慢〉）
>
> 故家人物，慨中宵、拊枕憶同遊。不用聞雞起舞，且須乘月登樓。（〈木蘭花慢〉）

前面五例，分別以釃酒臨江、鞍馬賦詩、詞氣縱橫的曹操，聞雞起舞、楫擊中流、收復晉土的祖逖，以及慷慨高歌、擊缺唾壺、壯心不已的王敦，來象徵自己不可一世的素志豪情。寫來意興飛動，元氣淋漓。一個豪邁英健的幽并勇士，如在眼前。後面的兩例則是晚年情境，遺山在金亡之後，回思前塵往事，國破家亡，知交零落，當年對酒當歌，聞雞起舞的壯心偉志，如今老眼看來，恰似造化弄人，無限怨抑悲涼由此陡生。故以相同的歷史人物爲象徵比喻，一正用，一反用，即產生不同的詞情風格，亦可見其運用的巧妙了。

此外，運用英雄豪傑等歷史人物的如：

> 一千年，成皋路，幾人經。長河浩浩東注，不盡古今情。誰謂麻池小豎，偶解東門長嘯，取次論韓彭。慷慨一尊酒，胸次若爲平。(〈水調歌頭・氾水故城登眺〉)

> 蓋世韓彭，可能只辦，尋常鷹犬。問元戎早晚，鳴鞭徑去，解天山箭。(〈水龍吟・從商帥國器獵於南陽，同沖澤鼎玉賦此〉)

此二首是以韓信、彭越來論次歷史人物。前一首涉及之歷史人物相當多，由於第三章第二節已有論及，茲不再述。第二首則遺山以韓、彭來譬喻當時之商州統帥完顏國器，〔註2〕並勉勵商帥不要只在狩獵中表現兵威，應像唐薛仁貴征九姓突厥時三箭定天山那樣，擊退蒙古兵。雖是論次英雄，而非用以自喻，但他的志意仍寓於英雄人物之中，鬱勃之氣，也透過這些人物明顯的傳達出來。

另外一個很可注意的英雄人物則是三國時的「湖海之士」陳登（元龍）。遺山對陳元龍極爲欽賞，在詩中屢屢提及，詞中提到雖較少，然都用以譬喻一己遭遇，並非一般泛用。尤其《三國志・魏書・陳登傳・裴松之注引先賢行狀》：「登忠亮高爽，沈深有大略。少有扶世濟民之志，博覽載籍，雅有文藝，舊典文章，莫不貫綜。」一段，竟宛若遺山本人傳記，是以遺山引以自喻，寫來格外生動。如：

> 林間雞犬，江上村墟，扁舟處處經過。袖裡新詩，買斷古木蒼波。山中一花一草，也留教、老子婆娑。任人笑，甚風雲氣少，兒女情多。　　不待求田問舍，被朝吟暮醉，慣得蹉跎。百尺高樓，更問平地如何。朝來斜風細雨，喜紅塵、不到漁蓑。一尊酒，喚元龍、來聽浩歌。(〈聲聲慢・

〔註2〕完顏國器即完顏鼎，字國器，又名斜烈，金末鎮商州（陝西商縣），以善戰知名，威望甚重。詳見《金史》卷一百二十三。

內鄉淅江上作〉)

上片寫他在內鄉淅江徜徉山水，留連花草的閒適生活。而任人笑縱情山水，不用力於仕途經濟，是風氣雲少，兒女情多，則反襯自己曠達瀟灑的態度。下片整個化用陳登的故事。據《三國志》陳登本傳記載，劉備與許汜在劉表處共論天下士，許汜謂「陳元龍湖海之士，豪氣不除」，言及自己去見陳登時，陳登「無客主之意，久不與語，自上大床臥，使客臥下床」。劉備對曰：「君有國士之名，今天下大亂，帝王失所，望君憂國忘家，有救世之意。而君求田問舍，言無可采，是元龍所諱也，何緣當與君語？如小人（自稱）欲臥百尺樓上，臥君於地，何但上下床之間耶？」遺山用此典故，有幾層轉折：其一，陳登是許汜的對比。陳登有扶世濟民之志，許汜則求田問舍，但求個人之安居。遺山本自比陳元龍以扶世濟民爲己志，如今不爲世用，壯志難成，則自謂不妨如許汜之求田問舍；然詞中云「不待求田問舍，被朝吟暮醉，慣得蹉跎」，則更折入一層來說，謂自己連求田問舍也不必了，只靠吟詩飲酒，江上漁蓑，消磨歲月，所以接說「百尺高樓，更問平地如何」，則元龍、許汜與我何干，上床下床、百尺高樓與平地也無須計較了。這裡一方面是故示心胸曠達，如前片所說的管別人笑什麼「風雲氣少，兒女情多」；另一方面，則隱含不爲世用的憤懣不平。最後他說「一尊酒，喚元龍、來聽浩歌」，也是表面故作瀟灑，實則反諷自己未能於天下動亂之際有扶濟之功業。結以「喚元龍」一句，更加深了對自己的感慨。

（二）詞賦大家

遺山是金代詩詞大家，也是有志修史的古文家，他才華橫逸，學養豐富，是以很自然地也在詞中運用了相當數量的古代詞賦家的典故。

他在避兵他鄉，落寞不得志時，喜用王粲登樓事，以表達遊子懷鄉及壯志難酬的愴痛。如：

生平王粲，而今顦顇登樓。江山信美非吾土。天地一飛鴻，

渺翩翩何許。(〈石州慢〉)

飄零。舊家王粲，似南飛、烏鵲月三更。(〈木蘭花慢〉)

只問寒沙過雁，幾番王粲登樓。(〈木蘭花慢・孟津官舍〉)

這也就是他在〈鄧州城樓〉的詩中說：「自古江山感遊子，今人誰解賦登樓」的意思。

國亡後，他追懷昔日遊於汴京趙李門下，詩酒風流的盛況。則多用漢代詞賦大家揚雄，梁園賦客鄒陽及枚乘等來譬況。如：

二更轟飲四更回。宴繁臺。盡鄒枚。誰念梁園，回首便成灰。(〈江城子〉)

夢中身世，雞犬新豐，西園勝賞驚還覺。(〈石州慢〉)

笑殺西園賦客，壯懷無復平生。(〈木蘭花慢〉)

傍人錯比揚雄宅，笑殺韓家晝錦堂。(〈鷓鴣天〉)

最後一則尤其沈痛悲涼。蓋遺山有揚雄之才華文筆，也有韓琦坐鎭廟堂，談笑封侯的才略襟抱，如今卻用「錯比」、「笑殺」來對從前的自我加以否定，又是反用的技巧，達到了特別沈痛的效果。

至於他眼見故國舊都的殘破景象，心中無限悲涼，於是選用了鮑照〈蕪城賦〉，及庾信〈哀江南賦〉兩個意象。如：

青青。故都喬木，悵西陵、遺恨幾時平。安得參軍健筆，爲君重賦蕪城。(〈木蘭花慢〉)

鮑參軍的健筆，也就是他的如椽大筆，〈蕪城賦〉中城郭傾頹，草木荒蕪的景象，也就是眼前的亂後故都。他把萬千感慨，壓縮在兩句話所形成的一個意象中，正是以最精簡的筆墨，涵蓋了最深廣的內容與情感。又如：

相期。更當何處，算古來，相接眼中稀。寄與蘭成新賦，也應爲我沾衣。(〈木蘭花慢〉)

這首是遺山以亡金故官身分，即將被押解往聊城時所作。他這次北渡黃河，遠到聊城，不知是否還有得歸的機會，這正如當年庾信聘於西魏，不久梁亡，遂被留長安，始終不得南返的情形相似。尤其庾信在〈哀江南賦〉中有一段話云：「信年始二毛，即逢喪亂，藐是流離，至於暮歲。燕歌遠別，悲不自勝，楚老相逢，泣將何及。」眞有如遺山的親身寫照。是以他選用了「寄與蘭成新賦，也應爲我沾衣」，來含蓄曲折地表達出自己的憂怨愁情。

（三）隱逸高士

《遺山樂府》中出現的隱逸之士，有梁鴻、王子喬、陶淵明等。然前兩人，遺山一用以烘托山林飲酒之瀟灑，一用以自喻歸耕不仕之情懷，乃屬於一般用典方式。至於陶淵明，則詩詞中引到次數既多，用法也有不同，所以在此，即以淵明之例來說明。蓋遺山國亡之後，讀書著述，隱居不仕的高節孤懷，與同屬亂世不仕之淵明有太多相同之處。巧合的如淵明四十歲出頭歸隱田園，不復出仕，他則四十四歲汴京城破後不再出仕；淵明四十歲前，迫於生活，仕隱無定，自幼所受之儒家用世思想，時在內心交戰，這種仕隱的掙扎，遺山亦頗近似。尤其淵明內心深處，蘊蓄有一種「欲有爲而未能」的幽恨，如〈雜詩十二首之二〉有云：「歲月擲人去，有志不獲騁。念此懷悲悽，終曉不能靜」。這種「幽恨」，是陶詩深處的底色，也是深深引起遺山共鳴的基本原因。而二人「傷心人別有懷抱」的飲酒，也是異代輝映的。故遺山在詩中，除了效淵明而作〈飲酒五首〉、〈後飲酒五首〉、〈集陶雜著五首〉外，並用陶詩「露淒暄風息，氣清天曠明」爲韻賦詩十首，且每言「詩中只合愛淵明」，在在可見出他尚友淵明的心態與感情。詞中提及淵明的則有：

> 籬邊老卻陶潛菊，一夜西風一夜寒。（〈鷓鴣天〉）
>
> 冰霜冷看，老檜千年。園令家居，陶潛官罷，無酒令人意缺然。從教去，付青山枕上，明月尊前。（〈沁園春〉）
>
> 再見新正，去歲逐貧，今年逐窮。算公田二頃，誰如元亮……（〈沁園春〉）

這些都是國亡後之作，並以淵明隱居不仕的形象，烘托自己的志節。而文士心目中之菊花、冰霜、老檜、青山、明月等自然界的意象，更使遺山晚年凌霜，氣骨奇高的形象，顯得具體而深刻。

（四）名士狂生

竹林七賢中的阮籍、嵇康、劉伶，是遺山晚年詞中經常用以譬況的歷史人物。尤其是阮籍，他一再以「詩家阮步兵」、「酒狂步兵」、「窮途阮步兵」來自喻，可見能詩、好酒及日暮途窮的境遇，都是他引為同調之處。如：

> 酒狂步兵，書與劍，此飄零……（〈婆羅門引〉）
>
> 一時朋輩，謾留住、窮途阮步兵。尊俎地、誰慰飄零。（〈婆羅門引〉）
>
> 醒復醉，醉還醒。靈均憔悴可憐生。離騷讀殺渾無味，好箇詩家阮步兵。（〈鷓鴣天〉）

據《晉書》的記載：「籍本有濟世志，屬魏晉之際，天下多故，名士少有全者，籍由是不與世事，酣飲為常。」但是阮籍的飲酒放蕩，內心實有其深沈的痛苦，這從他慷慨悲歌的〈詠懷八十二首〉就可以了解。尤其他說：「夜中不能寐，起坐彈鳴琴。薄帷鑒明月，清風吹我衿。孤鴻號野外，翔鳥鳴北林。徘徊將何見，憂思獨傷心。」又云：「獨坐空堂上，誰可與歡者？出門臨永路，不見行車馬。登高望九州，悠悠分曠野。孤鳥西北飛，離獸東南下。日暮思親友，晤言用自寫。」更可見出他內心的波瀾翻騰，及無由發洩的痛苦。因而，阮籍的好酒佯狂，實乃「痛飲從來別有腸」（蘇軾〈南鄉子〉）的一種典型例子。所以「酒狂步兵」、「窮途阮步兵」、「詩家阮步兵」合起來，才是一個完整的阮籍的形象，也正是遺山流離坎坷一生的寫照啊。至於引詞中最後一首的結句有云：「離騷讀殺渾無味，好箇詩家阮步兵」，則見他一面有感於「九死其猶未悔」而最後又投江自沈的屈原，一面回看自己「家亡國破此身留」，自然是另有一番滋味在心頭。甚且屈原尚有國可忠，有君可諫，而自己的君國又安在呢？幽憤已極之下，所以說離騷是愈讀愈無味了。也因此他轉用日暮途窮，書劍飄零，借酒消愁，以詩寓志的阮步兵來自比。遺山的善於選用歷史人物，深層發掘並重新陶鑄其豐美意象，來寓託自身淪落之悲，眞有絕大的藝術功力。

歸結上述可知，由於社會的劇變，以及個人強烈的用世之心與恢復之志，遺山詞在歷史人物意象的運用上，早期多選取楚漢、三國時的英雄豪傑以自喻。加以個人的才華發越，詞氣縱橫，故一些詞賦大家也是他用以譬況的對象。至於國亡後，他的抗節不仕，讀書著述，則多借隱逸高士來象徵；而內心的沈鬱悲痛，不能自已之懷，則魏晉之間的名士狂生，又成爲他的絕佳選擇。透過了這些歷史人物的運用，使遺山詞作的內涵境界，更深折有味，令人讀之低徊不已。

二、自然景物

在自然景物意象中，遺山喜歡選用巍然聳立的高山，風雪堅貞的寒梅，及昂藏秀發的青松來自喻。其它如老檜、霜雪、明月、清風等，也一一選用，以烘托詞境。如：

> 黃河九天上，人鬼瞰重關。……萬象入橫潰，依舊一峰閒。（〈水調歌頭・賦三門津〉）

這是他以巍然屹立的砥柱山，來象徵自己砥柱中流，堅定不移的英雄氣節。

> 西北神州，依舊一新亭。三十六峰長劍在，星斗氣，鬱崢嶸。（〈江城子〉）

三十六峰長劍在，是以嵩山三十六峰的高聳入雲，來象徵倚天長劍的崢嶸氣概，並藉此暗示他「倚天劍，切雲冠」的恢復之志。這是遺山運用峻偉的高山給人堅定勇毅的意象來達成的藝術效果。

對花卉，遺山也有一股特別的喜愛。在他二十幾首詠物詞中，大半是題詠各類花卉：如杏花、梅花、蓮花、海棠、芍藥、牡丹、瑞香、醾醿、宜男等。其中又以詠杏花、梅花的最多。〔註3〕這些花大多被當作一些美好事物的象徵，因此常在其中貫串一種綿綿不斷的傷惜之情。如他曾說「予絕愛未開杏花」（〈賦瓶中雜花自注〉），又說「一生心事杏花詩」（〈臨江仙〉）。另如：

> 生紅鬧簇枯枝，只愁吹破胭脂。說與東風知道，杏花不看開時。（〈清平樂・杏花〉）

詠梅則如：

> 東風容易莫吹殘，暫留與、何郎慰眼。（〈鵲橋仙・同欽叔、欽用賦梅〉）

這種好景不常的感受，可能是他身經目睹的那個由盛而衰，終至于落花流水、無可挽回的興亡事實，在他心裡烙下的深痕。儘管他以各類花卉象徵世間美好而短暫的事物，然而在表明志節時，他還是愛用一般人長久以來所認定的梅花意象。所以他說：

> 西窗瓶水夜深寒，梅花瘦如削。只有一枝春在，問東君留著。（〈好事近〉）
>
> 憔悴何郎東閣，病酒不禁重酌。袖裡梅花春一握，幽懷無處託。（〈謁金門〉）
>
> 鶯有伴，雁離羣。西窗寂寞酒微醺。春寒留得梅花在，賸爲何郎瘦幾分。（〈鷓鴣天〉）

以上都是以幽峭孤瘦的梅花，象徵自己的老懷孤節。至於

> 還家賸買宜城酒，醉盡梅花不要醒。（〈鷓鴣天〉）

則是一切希望都破滅後的沈痛呼告。用的還是梅花堅貞不屈的意象，所以還是曲折隱約的表達了一己的不屈志節。

另外「昂藏上雲雨，慘澹含風霜」（〈種松〉）的蒼松，因凌霜而彌健，故而成爲遺山筆下抒寫高潔志意，遺民懷抱的絕佳意象。如：

〔註3〕侯孝瓊〈遺山樂府縱覽〉，文見《山西大學師範學院學報》，1990年第一期。

鹿裘孤坐千峰雪，耐與青松老歲寒。(〈鷓鴣天〉)

年年此日如川酒，千尺青松盡朱枯。(〈鷓鴣天〉)

移居要就，窗中遠岫，舍後長松。(〈人月圓〉)

歲寒不凋的千尺青松的意象，可說把遺山晚年著述存史，保全文化的遺民心志，刻劃得栩栩如生。

有關遺山運用意象的技巧，不論是英雄事跡、節士清操，或自然景物，無不與國事、身世有密切相關。所以運用起來，自然熨貼，毫無斧斫痕，這可說已臻於出神入化的高妙境界。同時由於他在作品中大量運用了以各種意象來表達的藝術手法，使他的詞，更有一層含蓄蘊藉，委婉曲折之美，這也不能不歸功於他表達藝術的成功。

第二節　映襯的技巧

用兩種相反的事物，擺在一起，作對照的形容，以加強印象，這種修辭法，叫做映襯。〔註 4〕再仔細一點的說，這種手法是由此情此景，對照彼情彼景，或由此一件事對照彼一件事的寫法。凡苦中見樂，樂中見苦；或悲歡得失的相映；或撫今追昔，因眼前的淒涼，回想昔日的繁華；或因個人願望的破滅，生活環境的變異，引發當年的理想，慨嘆時日之已非等，多用此種手法。〔註 5〕詞這種文體，以婉轉深曲、朦朧含蓄爲美，所以善用這種手法的，易增強情感的感染力，使主題更爲突出。

遺山由於坎坷的身世際遇，又親遭亡國之痛，因此他在詞中，抒發今昔之感、盛衰之嘆、興亡之悲、哀樂之情，多用映襯手法來表現。有了這種出入於詞的規矩律度之外靈活運用的技巧，使他的物是人非之恨，舊事新愁之感，不但張力十足，且語盡情不盡，極盡婉曲纏綿之至。下文即分項舉例，以探討其運用技巧。

〔註 4〕董季棠《修辭析論》第二章〈映襯〉，頁 51。
〔註 5〕謝世涯〈論詩詞的對比手法〉，見《古典文學》第七集，下冊。

一、反　襯

映襯手法可分反襯及對襯二類。反襯是用和這種事物相反的形容詞或副詞來形容這種事物。〔註6〕遺山有一首〈浣溪沙・史院得告歸西山〉便是運用這種手法：

> 萬頃風煙入酒壺，西山歸去一狂夫。皇家結網未曾疏。
> 情性本宜閒處著，文章自忖用時無。醉來聊爲鼓嚨胡。

這首是他第一次出仕，擔任汴京國史院編修官的職務，因無法一展抱負，而毅然辭官返歸崧山時所作。全首以反襯手法來寫。前兩句寫他的辭官告歸，他自稱是一介狂夫，可是他的狂是「算爲狂爲隱，非狂非隱，人誰解，先生意」（〈水龍吟〉）的狂。接下去以「皇家結網未曾疏」，反諷朝廷對他這個敢做敢爲，有爲有守的「狂夫」也羅致來任職。下片接寫「情性本宜閒處著，文章自忖用時無」，一方面以「情性閒處著」反襯自己「并州少年夜枕戈，鳴雞起舞夜鳴歌」（〈并州少年行〉）的用世之意，恢復之志的全盤落空；又以「文章用時無」來反襯自幼發憤讀書，素有「元才子」之譽，卻「五車書，都不博，一囊錢」（〈水調歌頭〉）的辛酸，及在史館「悠悠未了三千牘」，卻「碌碌隨翻十九人」（〈帝城〉）的無奈。一方面再呼應上片「皇家結網之疏」。所以結句他以「醉來聊爲鼓嚨胡」的近乎自我放棄的口吻，一抒其滿腔抑鬱無聊之氣。這闋詞表面是故作瀟灑曠達，其實是運用反襯手法，以自己之「閒」，自己之「無用」，來反諷「皇家結網之疏」。所以用非其材的挫折憤慨，出之以笑中帶淚，苦中作樂的自我嘲諷，倍增其抑鬱曲折之情，幽憂無聊賴之氣。

王夫之《薑齋詩話》卷上舉《詩經・采薇》篇爲例說「昔我往矣，楊柳依依；今我來思，雨雪霏霏。以樂景寫哀，以哀景寫樂，倍增其哀樂。」即是一種反襯的技巧。遺山諸如此類的用法。亦甚見功力。如：

> 總道忘憂有杜康，酒逢歡處更難忘。桃紅李白春千樹，古

〔註6〕同註4。

> 是今非笑一場。(〈鷓鴣天〉)

面對桃紅李白春千樹的，不是志得意滿、功成名就的人生，卻是「古是今非」的難堪際遇。「笑一場」其實是笑中帶淚的辛酸苦楚。所以眼前美酒、春景，無一不反襯志士不遇的無奈與憤慨。

再如鼎革之後，亡國孤臣面對「良辰美景奈何新」，他寫下了：

> 楊柳宜春別院，杏花宋玉鄰牆。天涯春色斷人腸。更是高城晚望。(〈西江月〉)

風流韻事，良辰盛況，是在「別院」、「鄰牆」，隔鄰的繁華熱鬧，正反襯一己之寂寞孤獨。「天涯春色」代表的是無限生機的春景，也反襯自己南冠楚囚，有家歸未得的憂傷絕望。

又如：

> 金縷唱，龍香撥。雲液暖，瓊杯滑……老眼只供他日淚，春風竟是誰家物。恨馬頭、明月更多情，尋常缺。(〈滿江紅·再過水南〉)

「金縷唱」四句回想當日種種歡愉。但接下去說，老眼所流無非是昔日國破家亡的悲痛之淚，眼前春風拂面，更不知誰家能享往日「金縷唱，龍香撥。雲液暖，瓊杯滑」的歡愉。如今一切但成水月鏡花，所以昔樂舊歡的反襯，正見出今日的愁極恨深。

以上數例，正是樂景寫哀，而倍增其哀的手法。渾融含蘊，更見其藝術技巧之高妙。

二、對　襯

對襯或稱對比，〔註 7〕是以兩種相反的事物，構成兩個或兩個

〔註 7〕如王熙元〈詞的對比技巧初探〉，謝世涯〈論詩詞的對比手法〉，皆以「對比」稱之。尤其前者文中更明言「映襯中的對襯就是對比，所以對比是映襯的一種手法」。又「對襯」有時易與「對偶」混淆，在此略加說明：對偶與對襯之不同，在於對偶較偏重字句或結構的對稱，對襯（對比）則偏於事實或觀念的相映相對；對襯往往會以對偶的形式表現，但對偶不一定有對襯（對比）的作用。同時對襯

以上的句子，作對比的說明，因而產生極鮮明的形象，給人極強烈的感受。〔註 8〕而對襯的結構或技巧的安排，大致不出下列幾種方式：一是安排在雙調詞的上片與下片。二是長調詞同片可分若干節，而對襯可安排在相鄰的上下二節，或相錯的前後二節。三是同片的上半與下半。四是對句的上下聯。五是散句的上下句。六是同句的上半與下半。七是末一句急轉直下。而遺山詞中，舉凡感懷身世，悲嘆亡國，弔古感懷，往往大量運用對襯手法。茲就其詞中常用的對襯手法加以剖析探討：

（一）今昔對襯

凡是抒寫感懷之詞，當他撫今追昔，觸景生情，自有不勝今昔之感慨。於是今昔對襯的寫法，更能增強其抒情效果。如：

少日龍門星斗近。爭信。淒涼湖海寄餘生。（〈定風波〉）

舊時鄴下劉公幹，今日家中白侍郎。（〈鷓鴣天〉）

舊時逆旅黃粱飯，今日田家白板扉。（〈鷓鴣天〉）

當年在京師楊（雲翼）趙（秉文）門下的英俊少年，也曾如鄴下劉公幹般，任至宰相掾屬。當日的出入相府，春風得意，只如黃粱一夢，轉眼成空。如今在田家，住的是白板扉的茅屋，過的是白身家居的平淡生活。從前居廟堂之高，如今處江湖之遠。他將極富波折變化的一生，以極精鍊的文筆，壓縮在兩兩對舉的文句中，遂產生了極大的張力，使人感受無盡的悽惻悲涼，正是典型對襯手法的運用。

這種今昔之感，身世之悲的對襯手法，在慢詞的舖寫下，又是另外一番風貌。如這首他晚年所作的〈石州慢〉：

兒女籃輿，田舍老盆，隨意林壑。三重屋上黃茅，賴是秋風留著。舊家年少，也曾東抹西塗，鬢毛爭信星星卻。歲暮日斜時，儘棲遲零落。　　如昨。青雲飛蓋追隨，傾動

也不必一定以對偶的形式出現。

〔註 8〕同註 4。

故都城郭。疊鼓凝笳，幾處銀屏珠箔。夢中身世，只知雞犬新豐，西園勝賞驚還覺。霜葉晚蕭蕭，滿疏林寒雀。

這闋詞通篇皆以對襯手法來寫，不僅上下二片相對，在上下片的相鄰各節，亦兩兩對襯。即上片大致以茅屋田舍寫暮年的棲遲零落，與下片的追憶少壯之時，青雲飛蓋，傾動都城的盛況，形成強烈的今昔盛衰之比。尤其換頭的「如昨」二字，眞有五丁神將之力，使整個時光倒流逆轉，倏然回到從前。若再將上下片細分，可以發現，他們各在相鄰的兩節形成對襯。即上片先說自己老年隨意林壑的田家生活，再與昔時東抹西塗的舊日少年對舉；而引出結句鬢毛星星，棲遲零落的浩歎。下片則先追想少時盛況，接著筆鋒一轉，驚覺西園勝賞已如水月鏡花，於是逼出蕭蕭霜葉，疏林寒雀的淒涼景象來。在情景的轉換中，「驚覺」二字更見悲愴之情。所以全首是兩片之內先各自以今昔作小的對比，而上下片之間，又以今昔作大的對襯。可說在起伏、照應、承接、轉換處，都運用了對襯手法，使整首作品讀起來，搖曳生姿，予人深邃的感染力，其藝術手法之高妙，於此可見。

其它今昔對襯的，或用在對句的上下聯，或散句的前後句，或同句的上半與下半。如：

不用聞雞起舞，且須乘月登樓。(〈木蘭花慢〉)

青衿同舍樂，白首故山違。(〈臨江仙〉)

少日爲花狂，老去逢春只自傷。(〈南鄉子〉)

白頭青鬢，舊遊新夢，相對兩淒然。(〈太常引〉)

在在都是用對襯的手法，表達其悽惋感慨。

以上遺山運用的，都是「追往事，嘆今吾」的今昔對襯之法，以發抒他懷才不遇，壯志未酬的憂憤；或無人共語又不堪言說的淒楚。有些更以歷史人物譬喻自況，更增加了詞意的幽深曲折，所以無不寄寓深刻，警策動人。

（二）盛衰興亡對襯

遺山自避兵河南，寄寓三鄉，無時不憂國感事。發之於詞，出之以對襯之法，更是觸目驚心。如：

> 一枕開元，夢怳猶記，華清天上。對昆明火冷，蓬萊水淺，新亭淚，空相向。(〈水龍吟〉)

昔日是華清池中，溫泉水滑，如今則火已冷，水已淺，有如唐開元、天寶時的盛況，已一去不返。淪陷的故鄉，何時收復，南渡諸臣新亭對泣，也是有心無力，難回天意。盛衰對舉，感慨良深。

後來由於身遭亡國之痛，遺山詞中睠懷故國的黍離麥秀之悲，亦多以盛衰興亡對襯之法來表達。如：

> 日射雲間五色芝，鴛鴦宮瓦碧參差。西山晴雪入新詩。
> 焦土已經三月火，殘花猶發萬年枝。他年江令獨來時。
> (自注：往年宏辭御題有西山晴雪詩)(〈浣溪沙〉)

這首作於遺山被押解前往山東聊城的前夕，前片極寫連苑宮牆之富麗錦繡，及其中的人文薈萃，文采風流。下片則以飽經戰火洗禮的焦土、殘花對舉。上下兩片互相對襯，顯出了他亡國的沈悲深痛。

又如下列的〈江城子〉前片：

> 二更轟飲四更回。宴繁臺。盡鄒枚。誰念梁園，回首便成灰。今古廢興渾一夢，憑底物，寄悲哀。

第一、二、三句用漢代梁王門下鄒陽、枚乘於梁園轟飲高會的典故譬況，與第四句「回首成灰」形成強烈的對比，顯出不勝「今古廢興」的感慨，因此滿腔悲哀，無可與寄。

再如：

> 擁都門冠蓋，瑤圃秀，轉春暉。悵華屋生存，丘山零落，事往人非。(〈木蘭花慢〉)

這是癸巳汴京城破後所作。開頭三句回想汴京城昔日的繁華，後三句則突然一轉，以人之死喻國之亡，也是以對舉手法顯現國亡之深痛。

另外還有一些以託寓亡國之痛的作品，也運用對襯手法的。如：

複幕重簾十二樓，而今塵土是西州。(〈鷓鴣天〉)

菊就雨前都爛熳，柳從霜罷便蕭條。(〈浣溪沙〉)

則又是另一種委婉曲折之情。

總之，盛景的一去不回，國亡的沈悲深痛，經過凝煉壓縮之後，出之以對襯的手法，使作品不必虛費一辭，而纏綿鬱結之情，就在兩相對照下表露無遺。

（三）仕隱對襯

從遺山生平可知，他的仕宦生涯幾乎是在血淚交織中度過的。用世之志與退隱之情不斷在他內心痛苦的掙扎，性分與責任，也一直是他仕隱無定的最大原因。所以亡國之前，不論是仕是隱，在他心中都有過相當的矛盾。這些鬱結之情，在詞中，他常以對襯手法表現。如：

簿書愁裡過，筍蕨夢中香。(〈臨江仙〉)

這兩句以對偶形式出之，造語凝鍊。形體的束縛，自由的渴望，以對比的方式置於一處，形象格外鮮明。

又如〈玉漏遲〉過變的前後兩段：

……斗升微官，世累苦相縈繞。不入麒麟畫裡，又不與、巢由同調。時自笑。虛名負我，平生吟嘯。　　……鐘鼎山林，一事幾時曾了。……

這首是他在汴京圍城中所作，「升斗」的「微」官，與縈繞全部身心的巨大世累相對舉，則爲官代價之高，不言可喻。「不入麒麟畫裡，又不與、巢由同調」，則是力既不足以持危扶顛，又不能早隨巢父許由的歸隱高臥，兩相對照，逼出一個有爲有守的愛國志士，既不能爲世重用，力挽狂瀾；又不能忘情世事，隱居終老。仕隱之掙扎，盡在兩相對襯的情景中，眞率流露，生動而感人。

遺山有時則是暫且擺下掙扎，重返田園，然而不久，「疾沒世而名不稱」的濟世之志又在心中萌動浮現。此時他多以對襯手法表達。

如：

行處自由皆樂事，得來無用是虛名。（〈浣溪沙〉）

四海虛名將底用，一聲啼鳥巖花動。（〈蝶戀花〉）

任人笑，甚風雲氣少，兒女情多。（〈聲聲慢〉）

任是麒麟閣上，爭如鸚鵡杯中。（〈朝中措〉）

以從仕之虛名與山林之閒適相對襯，強化目前抉擇的正確性，顯出他瀟灑曠達的態度。

（四）大小多寡對襯

大小多寡，有些是實際景物的對比，有些則是抽象的人事現象或價值觀念，如用直寫白描，往往很難說個明白，寫個清楚。可是若以對比手法來處理，則高下立判，利害分明。抽象的人事現象及價值觀念如：

一線微官誤半生。（〈南鄉子〉）

升斗微官，世累苦相縈繞。（〈玉漏遲〉）

「一線」、「升斗」這麼「微小」的官，要付出的是「半生」青春，「一世」負累，代價不可謂不高。不必多費一辭，在對比中，即引出任官之辛酸感慨。又如：

五車書，都不博，一囊錢。（〈水調歌頭〉）

以「五車書」之多，與「一囊錢」之少對比，爲官之不值，文士之酸楚，盡蘊其中。

此身似扁舟一葉，浩浩拍天風浪。（〈永遇樂〉）

以「扁舟一葉」之微小與「拍天風浪」之浩渺相對襯，一個勢單力孤的小官，在人心險詐的宦海中，那種任人擺佈、隨波浮沈的形象，便如在眼前。

可憐滿鏡，星星白髮，中有利名千丈。（〈永遇樂〉）

大似臣人的「千丈利名」，與再微小不過的「星星白髮」，兩相對比，則功名之誘人，利祿之難以看破，就不是無因了。

大小多寡的對襯，遺山有時運用到時間上，空間上也有相當動人的效果。例如在時間方面：

> 江上窪尊，人道有、浮休遺跡。尊俎地、江山如畫，百年岑寂。白鶴重來城郭在，山花山鳥渾相識。便與君、載酒半山亭，追疇昔。　　人易老，時難得。歡未滅，悲還及。身前與身後，杳無終極。一笑何須留故事，千年誰復知今日。拌醉來、橫臥隴頭雲，林間石。（〈滿江紅・內鄉半山亭浮休居士張芸叟窪尊石刻在焉〉）

這首是遺山晚年重回河南內鄉時所作。他在當年經常留連的半山亭，置酒感舊。詞的開頭就以白鶴重來自喻，舖寫舊地重遊的情景。結拍以「追疇昔」引出下片感慨。換頭的「人易老，時難得。歡未滅，悲還及」四句，即以對襯手法。凸顯重遊的難得。因爲相對於青春易逝，悲喜交加的短暫人生，此時此刻，此情此景，自是令人珍惜。接下去更推進一層，以「杳無終極」的身前身後相比，則此刻的彌足珍貴，不言可喻。而「一笑何須留故事，千年誰復知今日」，則不但以短暫的一刻與一己身前身後相對比，且以個人的今日故事與千萬年的世事相比論，時間上極短與極長之對映，益襯出今日此時之難能可貴，故結語以「伴醉來、橫臥隴頭雲，林間石」的連留光景，悠然無盡作結。

遺山另有一首〈感皇恩〉，寫重回闊別二十年的家鄉并州的情景，起句他說：

> 夢寐見并州，今朝身到。

就是充份運用「夢寐」與「今朝」在時間長短上的強烈對比，及夢中與現實情境虛實之相對，顯現悲喜交加，不可抑遏的激動心緒。

在空間的對襯方面，如：

> 生平王粲，而今顛頷登樓。江山信美非吾土。天地一飛鴻，渺翩翩何許。（〈石州慢〉）

以天地的廣遠無邊，浩渺無際，只有一隻鴻鳥翱翔天際，極大與極小的對比，使亡國孤臣的憂傷憔悴益顯，自然予人深刻的感受。

又如：

煙草入西州，暮雨千山獨倚樓。(〈南鄉子〉)

在連天「煙草」的無邊無際，「暮雨千山」的廣大渺茫對襯下，倚樓凝望的人，其孤獨寂寥、憂思悲慨，躍然紙上。

再如：

渺萬里層雲，千山暮景，隻影爲誰去。(〈摸魚兒〉)

以「萬里層雲」、「千山暮景」之廣渺，與雁鳥「隻影」做極大與極小之對比，更顯出了大雁從原來「天南地北雙飛客」，變成「隻影」的淒楚滄涼。

（五）動靜對襯

遺山在詞中描寫景物的部分，常用一動一靜，或一靜一動，形成對比，而相映成趣。如

黃河九天上，人鬼瞰重關。長風怒捲高浪，飛灑日光寒。峻似呂梁千仞，壯似錢塘八月，直下洗塵寰。萬象入橫潰，依舊一峰閒。(〈水調歌頭・賦三門津〉)

上片寫黃河三門津的俊偉壯觀，全部是聲勢浩大的動態之景。歇拍二句「萬象入橫潰，依舊一峰閒」，則是極動與極靜的對比，在動靜對照下，砥柱山巍然屹立，不畏橫逆的鮮明形象，矗立眼前。

又如

金鈴錦領，平原千騎，星流電轉。路斷飛潛，霧隨騰沸，長圍高捲。看川空谷靜，旌旗動色，得意似，平生戰。　城月迢迢鼓角，夜如何、軍中高宴。……(〈水龍吟・從商帥國器獵於南陽，同仲澤鼎玉賦此〉)

這是一首校獵的詞，寫來有聲有色，動靜交映。平原上千騎飛馳過後，一片「川空谷靜」，只有鮮明的旗幟，迎風招展，動靜對比鮮活，增加了狩獵的聲勢。下片一輪明月高掛城頭，悠揚的鼓角聲在空中迴

蕩，此寫初夜寧靜的景象，意境極美。「鼓角」之聲正是襯托夜的寧靜，因爲只有靜夜裡，鼓角聲音才會清晰可聞，悠揚不盡，這是以聲寫寧靜的表現方法。夜是靜謐的，而「軍中高宴」卻是熱鬧的，與靜夜恰成強烈的對比，兩者互相烘託，使得形象愈加凸出。詞的上片，主要寫動景，而動中有靜；下片寫靜景，而靜中有動；動靜交錯，增加了作品的藝術表現力。

又如：

> 世上紅塵爭白日，山中太古熙熙。(〈臨江仙・內鄉寄嵩前故人〉)

以世上的紅塵萬丈，車馬擾攘，與山中的純樸寧靜做一對照，動靜對比之下，內鄉渾似世外桃源的平和單純，與世無爭，便自然映入讀者心眼。

再如他寫睡中初醒，回憶夢中情景：

> 西齋向曉。窗影動、人聲悄。夢中行處，數枝臨水，幽花相照。把酒長歌，猶記竹間啼鳥。……(〈品令〉)

頭三句寫夢中初醒，窗外靜無人聲，惟有樹枝映窗，風搖影動的靜謐情景，靜中帶動，用筆極爲細膩。而回憶夢中情景，「數枝臨水，幽花相照」的情寂幽靜，與竹間啼鳥相對映照，也是以聲襯托出該地一片靜謐的手法。整首雖寫靜景，但用筆輕靈細緻，靜中見動，甚見功力。

以上五種對襯技巧，是遺山樂府中最常運用的。其它如人與物的對襯，情與景的對照，虛與實的相映等，也間或運用，只是出現的比例上，較前五種爲少，故略而不述。

總合以上所舉的映襯技巧，不論是反襯或對襯，皆可見出遺山創作技巧的繁富多采，不愧是深具匠心的大家。

第三節　情景的交融

李漁《窺詞管見》說：「作詞之料，不過情景二字。非對眼前寫景，即據心上說情。說得情出，寫得景明，即是好詞。」其中「說得情出，寫得景明」是否即爲好詞，雖有商榷餘地，〔註 9〕但謂詞中語句，若非景語，則爲情語，則相當合乎事實。至於情語、景語在詞中的安排，則大致不出劉熙載《藝概．詞概》所說的：「詞或前景後情，或前情後景，或情景齊到，相間相融，各有其妙。」是以，詞中有些是明顯的上片寫景，下片抒情，或一片之中，前景後情，或前情後景。但手法更高妙的，則是景中含情，或情中寓景，或藉景抒情，或融情入景，而達到情景相融的境界。也就是說，情景雖似二物，然景語實皆爲情語而設，寫景旨在襯出情意。也就是王國維《人間詞話》所云：「昔人論詞，有景語、情語之別，不知一切景語皆情語也。」這種情景相融的手法，最能達到「含不盡之意，見於言外」的效果。

遺山在其論詞主張中，曾提出「含咀之久，不傳之妙，隱然眉睫間，惟具眼者乃能賞之」，〔註 10〕以爲佳詞之評賞標準。更以：「愈嚼而味愈出，乃可言其雋永耳。」〔註 11〕來評詞。凡此種種，與梅聖俞所謂「含不盡之意，見於言外」者，實有異曲同工之妙。遺山詞中即運用情景相融的手法，來落實他的理論，使「一切景語皆情語」，而達到「主於情性」，且「情詞跌宕」〔註 12〕的效果。

《遺山樂府》，在憑弔故國，追懷知友，及感嘆身世的詞中，這種情景交融的手法用得最普遍，也最感人。這主要是眞摯之情，扣人心弦；而「景語無非情語」，以景語烘托詞境，渲染詞情，使得詞中有一種烘雲托月，吞吐而出的姿態。因此，意味特別深長，更有空中蕩漾，含蓄不盡之妙。

〔註 9〕朱光潛《詩論》第二章〈詩的境界〉謂寫景詩宜於顯，言情詩所託之景雖仍宜於顯，而所寓之情，別宜於隱。又謂梅聖俞說詩須「狀難寫之景，如在目前；含不盡之意，現於言外」，就是看到寫景宜顯，寫情宜隱的道理。該文中又舉李白〈玉階怨〉，及王昌齡〈長信怨〉二詩，以證其妙處正在寫情之隱，頗有參考價值。

〔註 10〕彊村本《遺山樂府》卷首〈遺山自題樂府引〉。

〔註 11〕同註 10。

〔註 12〕況周頤《蕙風詞話》評遺山詞。

如他憑弔故國的〈木蘭花慢〉詞云：

> 渺漳流東下，流不盡，古今情。記海上三山，雲中雙闕，當日南城。黃星。幾年飛去，澹春陰、平野草青青。冰井猶殘石甃，露槃已失金莖。　　風流千古短歌行。慷慨缺壺聲。想釃酒臨江，賦詩鞍馬，詞氣縱橫。飄零。舊家王粲，似南飛、烏鵲夜三更。笑殺西園賦客，壯懷無復平生。

這首是他在五十七歲那一年，重回河南，遊曹操昔日鄴下三臺〔註 13〕時所作。詞的上片寫景，下片抒情。不過上片雖是景語，卻景中有情，融情入景。其中的「黃星。幾年飛去，澹春陰、平野草青青」，以一片平野葱青，幽靜芳倩之景，上承「海上三山，雲中雙闕，當日南城」的記憶中景像，下開「冰井猶殘石甃，露槃已失金莖」之眼前情景，發揮了很大的烘托、映襯與轉折的效果。蓋人事有古今盛衰興廢，平野青青依舊，已令人感歎不已；而「澹春陰」使「平野草青青」更著一層幽靜芳倩之貌，宛如憑弔之人的無語低徊，心中一股難狀之情，即由景中自然流出。尤其承其下的「冰井猶殘石甃，露槃已失金莖」，是弔鄴下三臺，也是弔亡已故國。這時國亡人老的縈懷萬感，與芳草青青，形成變與不變、常與無常，盛衰興亡、哀樂悲歡的強烈對比。此情此景，溶入其中，眞是令人低徊欲絕！另外値得一提的是，他以輕靈之筆寫芳草之狀，以重拙之筆寫亡國之景，更是一種幽哽纏綿的特美，達到了融情入景，情景交融的妙境。

另一首同時所作的〈浣溪沙〉，雖不能如前面那首〈木蘭花慢〉一般，以長調的篇幅，做較多情景的鋪排，但還是在有限的字句間，作了最大的發揮，即：

〔註 13〕《昭明文選‧魏都賦》：「三臺列峙以崢嶸」，注：「銅爵園西有三臺，中央有銅爵臺，南則金鳳臺，北則冰井臺。銅爵臺有屋一百一間，金鳳臺有屋一百九間，冰井臺有屋一百四十五間，上有冰室。」又《河朔訪古記》云：「銅爵、金鳳、冰井三臺皆在臨漳縣鄴鎮東西二里古鄴都北城西北隅，因城爲基，三臺相距各六十步，中爲銅爵臺，南爲金鳳臺，北爲冰井臺，此蓋曹操於漢獻帝時爲冀州牧所築也。」

> 錦帶吳鉤萬里行，青雲人物舊知名。百壺春酒過清明。
> 　　渺渺荒陂冰井路，青青楊柳玉關情。斜陽無語下西陵。

整首看：是上片抒情下片寫景；與前一首上景下情的安排正好相反。下片雖以寫景爲主，卻是以景託情。第一句的「渺渺」，既是形容冰井荒涼殘破之象，也是寫古今歷史長河的悠迴渺遠，更烘托出身在其中的人心情之悵惘淒迷。第二句則以「楊柳青青」之景，與「玉關難別」之情互相對比映襯，以見離情之無可奈何。末句「斜陽無語下西陵」則蘊含更爲豐富。一方面是實寫景色，一方面以「斜陽」比喻遲暮之年；「西陵」則爲亡國故都的象徵；「無語」二字，更綰合了這兩組意象，把他往復低徊、掩抑零亂的心緒，在一往情深的默默無語中，做了最好的表達。所以這首詞的下片明是寫景，與上片形成情景對比，實則以景喻情；其中晚年國亡後的黯淡淒迷，與上片少日龍門的豪情壯志，又形成今昔盛衰的強烈對照，是情景雙寫的筆法，也是對襯手法的靈活變化。尤其結語「斜陽無語下西陵」一句收束全篇，情景相融，悠長不盡之意，見於言外，眞令人爲之低徊。

遺山在追懷知友的詞作中，也有很值得一提的「情景交融」的手法。如下面這首「夢德新丈因及欽叔舊遊」的〈江城子〉：

> 河山亭上酒如川，玉堂仙，重留連。猶恨春風，桃李負芳年。長記鶯啼花落處，歌扇後，舞衫前。　　舊遊風月夢相牽，路三千，去無緣。滅沒飛鴻，一線入秋煙。白髮故人今健否？西北望，一潸然。

其中的「滅沒飛鴻，一線入秋煙」，是含蘊豐富，融情入景的藝術妙筆。他以蕭瑟蒼茫，緜渺無際的「秋煙」，與遠飛天際化作「一線」的孤鴻，做極大與極小的對比。把思念知友，歡聚無緣，因而登樓極望，卻悲不能見的無奈，由景中更深入眞切的傳寫出來。飛鴻的「滅沒」，象徵了遠在天邊故人的人蹤渺茫、音訊斷絕；而「滅沒」、「一線」，又恰如其分的呼應了首句如眞似幻、似近實遠的夢中相牽相繫之情，故由此逼出「白髮故人今健否」的深情之問。最後「西北望，一潸然」二句，更是巧妙的點明了前面所說的「滅沒飛鴻，一線入秋煙」之景，正是登樓極目所見。大家手筆的靈活多變，匠心獨運，而又平易自然，於此可以見出。眞是最上乘的「從追琢中來」的自然而然。〔註14〕

下面這首〈臨江仙．寄德新丈〉，思念寄贈的對象與前一首是同一人，但表現的是另一種情境，運用的又是另一種手法，更可見出大家手筆的隨時變化，不拘一格了。

> 自笑此身無定在，北州又復南州。買田何日遂歸休。向來元落落，此去亦悠悠。　　赤日黃塵三百里，嵩丘幾度登樓。故人多在玉溪頭。清泉明月曉，高樹亂蟬秋。

「赤日黃塵三百里」寫他來去奔波，百里跋涉之苦。「幾度登樓」寫出懷念故人，惓戀昔日相聚的美好情景。「故人多在玉溪頭」，則點出故人所在之地。最後兩句，「清泉明月曉，高樹亂蟬秋」，很生動的刻劃了當時當地的風物，也非常仔細的描述了昔日在玉溪留連忘返的情景。從「清泉明月」的靜夜，歡聚到月輪西墜的情晨；從「高樹亂蟬」的炎夏，游賞到蟬聲漸寂的清秋，此情此景，何等教人懷念。情景交融的手法，叫人嘆絕。而「清泉明月」與「赤日黃塵」的相對比，更襯托出玉溪的種種美好情趣，可說是結合了映襯、烘托、融情入景多種手法來靈活表現的佳作。

另外有一首〈臨江仙〉是他從山東冠氏返太原故居，行至河南濟源時，寄贈山東好友李輔之的。詞云：

> 荷葉荷花何處好，大明湖上新秋。紅妝翠蓋木蘭舟。江山如畫裏，人物更風流。　　千里故人千里月，三年孤負歡游。一尊白酒寄離愁。殷勤橋下水，幾日到東州。

上片追憶昔日暢遊大明湖，欣賞荷花的風流瀟灑。下片則寫今日相隔千里，三年不見故人的惆悵。結句「一尊白酒寄離愁」，以具體而微

〔註14〕彭遜遹《金粟詞話》，見《詞話叢編》冊一，頁721。

小的「一尊白酒」，對抽象而深廣的「離愁」；再以擬人手法，盼「殷勤的流水」，將此悠長不盡的離愁，寄予東州故人。悠悠流水，迢迢不盡，正象徵其離愁之無窮無盡。這裡虛實相對，情景齊到，手法十分細密。

至於感懷平生，追憶疇昔，或撫今傷逝，念今惜遠，遺山更運用情景相融之法，盡情揮灑。下面這首〈浣溪沙‧宿孟津官舍〉便是：

一夜春寒滿下廳，獨眠人起候明星。娟娟山月入疏櫺。
萬古風雲雙短鬢，百年身世幾長亭。浩歌聊且慰飄零。

這首大致是上片寫景，下片抒情。而上片景語無非烘托詞境，渲染詞情，增強全面的抒情氣氛。他主要是以「一夜春寒」，「娟娟山月」，獨眠不寐之人等意象，連成一片空廓寂寥、寧靜幽深的淒清之境，帶出下片「萬古風雲雙短鬢，百年身世幾長亭」的離亂動蕩。在動靜鮮明的對比下，透顯了亂世兒女的飄零與悲辛。全首詞旨雖是在「萬古」兩句，但上片景中含情的烘雲托月之效，卻是使詞旨顯豁、詞意悠長的關鍵所在。

又如〈玉漏遲‧壬辰重圍中，有懷淅江別業〉一詞，寫出他萬般矛盾心緒，千種危苦愁思。其末段云：

鐘鼎山林，一事幾時曾了？四壁秋蟲夜語，更一點、殘燈斜照。青鏡曉。白髮又添多少？

「鐘鼎山林」二句，寫他的仕隱掙扎，矛盾痛苦。其下則全是借景托情：「四壁秋蟲夜語」，形容他在家徒四壁的書齋裡，滿耳秋蟲斷續，倍增淒楚悲涼。「一點殘燈斜照」，則是寫他獨倚牆邊，夜深不寐。而無眠的心曲，平生往事紛至沓來，尤其「四壁秋蟲夜語」，既助長圍城中淒切無助之情，也使人聯想到危城四週大軍壓境的危苦。而「殘燈」點出夜之將盡，「一點」再與「四壁」對比，也暗示國之將亡。「斜照」既顯示無眠之人的起坐斜倚，也有返照平生心事的作用。結句的「青鏡曉，白髮又添多少」，是合用杜甫「勛業頻看鏡」及朱熹「清鏡莫頻看」兩句詩意，既惜功名未遂而身老，又恐對鏡而悲白髮，兩種複雜的心態交雜兼至，而一個「曉」字，更呼應上句之殘燈，表示徹夜無眠。最後以「白髮又添多少」的深情一問，含渾沖融的包含了無盡的悲哀愁苦。以景帶情，情景交融，達到了一片渾成的境界。

下列一首〈點絳脣〉，則是他在國亡後，居冠氏時所作：

> 夢裡梁園，煖風遲日熏羅綺。滿城桃李，車馬紅塵起。　　客枕三年，故國雲千里。更殘未？夜寒如水，茅屋清霜底。

這首是以上下片今昔對襯的手法來寫的。上片回憶昔日梁園舊遊盛景，以「羅綺」、「桃李」、「車馬紅塵」來摹寫形容。下片轉入眼前情景，客枕三年，思歸心切，而人在千里，只見層雲隔斷故園心眼。結句「更殘未？夜寒如水，茅屋清霜底」，既與上片繁盛形成強烈對比而益顯淒清，又以景喻情，融情入景。「更殘未」，輕輕提問，「夜寒如水，茅屋清霜底」則點出不寐之人的艱辛處境，遠處殘更之聲與滿地寒霜之景，以不答作答，渲染了情境的淒寒，也象徵了主人心中萬千愁緒。

另外還有一首〈水龍吟〉是遺山晚年之作，屬於情景雙寫、虛實相生之作：

> 漢家金粟堆空，玉花驚見天池種。并州畫角，迴腸淒斷，清霜曉弄。世事浮雲，白衣蒼狗，知誰摶控。恨北平老守，南山夜獵，風雨暗，貂裘重。　　總道煙霄失路，意平生，依然飛動。高城置酒，汾流澮澮，無言目送。寶劍千金，儘堪傾倒，玻璃春甕。問波神剩借，橫江組練，挽青絲夢。

此詞追懷平生，撫今傷逝。上片既抒情，亦寫景，其中的「并州畫角，迴腸淒斷，清霜曉弄」，寫的是破曉時分，淒清的畫角聲，劃破并州城滿地寒霜的景象。畫角聲的悠長不斷，正如迴腸千轉，倍增淒涼之情，因此引出「世事浮雲」，造化弄人的悲慨。下片亦是情景雙寫，「高城置酒，汾流澮澮，無言目送」，是目送流水而興「逝者如斯，不舍晝夜」之嘆。隨著悠悠流水流逝的，正是意興風發的青春年少，一去不回。以「無言」目送，點出一片淒迷悵惘之情，落寞失意之感。所以結句云「問波神剩借，橫江組練，挽青絲夢」，則欲借似練的澄江，重挽青絲少年之夢。情景兼融，意想天外，一種深情悠遠，遺恨綿綿之感，讀之令人悽惋欲絕！

以上所述的情景交融的藝術手法，可以說不僅包含了鍊字、鍊句的狹小格局，而且昇進到關係全篇章法、佈局、結構之層次。所有的景語、情語，不論上情下景，上景下情，或情中有景，景中含情，無不恰如其份的表達了當下的情與景，同時也往往肩負了承上啓下，轉折變化的任務。使全詞渾融一片，自然而有味，可說是藝術表現手法的最高境界。

第四節　託喻的手法

張惠言《詞選序》云：「詞者……其緣情造端，興于微言以相感動，極命風謠里巷男女哀樂，以道賢人君子幽約怨悱不能自言之情，低徊要眇以喻其致，蓋詩之比興，變風之義，騷人之歌，則近之矣。」這是說「詞」本來是市井田間的流行歌曲，所寫的內容是里巷之間男女哀樂的感情，而這種專寫男女愛情的歌辭，發展到極致時，卻可以表達「賢人君子幽約怨悱不能自言之情」，也就是可以表現那些有理想、有志意、有才能、有品德的賢人君子，他們內心中最幽深、最隱藏、最含蓄的一種理想不能實現的怨悱之情和悲哀之感。而且這種傳統是其來有自的，詩經中比興的作法，變風變雅的譏刺之意，以及屈子離騷香草美人的託喻，無不是與這種情形相近。當然這是清代常州詞派對詞的評說時所採取的尊體與寄託的觀點。姑且先不論這種評詞方式的優缺點，至少張惠言這段話，對里巷歌謠寫男女感情之辭，經文人士大夫染指後，漸漸有了詩歌抒情言志的功能，則是有相當見地。這些文士大夫的志意理念，有些是無意間自然流露在綺羅香澤的詞中，如較早的晚唐五代宋初的文士詞；有些則是有意的借美人思婦、禽鳥花卉來託物寄意。特別是在東坡開出豪放一派「詩化之詞」，及周美成以思筆鈎勒的「賦化之詞」流行後，開始普遍。尤其一些在特殊的政治環境下，不能直抒胸臆，直寫悲慨的文人志士，便只能把滿腔忠憤悲慨化作纏綿悲鬱的哀怨以出之，比如辛棄疾的〈摸魚兒〉「更能消幾番風雨」，便是採「斂雄心，抗高調，變溫婉，成悲涼」〔註15〕的摧剛爲柔寫法，藉惜花傷春之辭，以抒一己之不得志。又如王沂孫的〈眉嫵〉詠新月，則是借物寄懷，抒寫其黍離麥秀之悲，眞達到了如張惠言所言：在「極命風謠里巷男女哀樂」的背後，「以道賢人君子幽約怨悱不能自言之情」。具有很高的藝術成就。

這一類以美人香草以寓其忠君愛國之思，黍離麥秀之悲，及一些自傷遭遇，寄託遙深的詠物之作，在遺山詞中都兼而有之。這一類藝術表達的手法，有謂之比興，有謂之寄託，也有比興寄託連言，或謂之興寄、寓託者。本文則一概以「託喻」一詞表出，意即以比喻手法以寄託其深意的作品方式。

遺山這一類作品表面描寫的對象，不是閨中嘆離的思婦，便是身世飄零的可憐女子；再者，便是一去不返的美好春天，或楚楚動人的花卉。這些在其高妙的藝術表達能力下，寫來無不纏綿幽怨，有掩抑迷離之致。篇篇都是動人的愛情咏嘆，及惜別傷春之詞。但只要我們稍稍深入探究，再配合他一身際遇及寫作時地相參看，便發現這些美人香草的作品，大都反映了他自己深沈的內心世界。清況周頤《蕙風詞話》即云：「元遺山以絲竹中年，遭遇國變。……卒以抗節不仕，憔悴南冠二十餘稔。神州陸沈之痛，銅駝荊棘之傷，往往寄託於詞。〈鷓鴣天〉三十七闋，泰半晚年手筆，其「賦隆德宮」及「宮體」八首，「薄命妾」諸作，蕃豔其外，醇至其內，極往復低徊，掩抑零亂之致。而其苦衷之萬不得已，大都流露于不自知。」這些評語可說都相當深入的觸及了遺山所採的託喻的手法。

〔註15〕周濟〈宋四家詞選目錄序論〉，見《詞話叢編》冊二，頁1643。

遺山調寄〈鷓鴣天〉的詞共有五十三首之多。其中「宮體」八首、「薄命妾」三首，乃題序自註。「宮體」本指齊梁間專門摹寫女子各種情態的豔體詩，今遺山自註宮體，則表明所寫所詠爲女子。而「薄命妾」者，即薄命女子之謂，只是漢樂府雜曲歌辭有〈妾薄命〉之調，這或許就是襲用它的名義精神而命題的。不過遺山詩中有〈續小娘歌〉十首，即借小娘子在戰爭中的悲慘處境，來寫蒙古軍蹂躪中原的浩劫，則詞中之「宮體」或「薄命妾」亦借女子以寫身世之感，也是自然而然的現象。以下就先錄「宮體」八首中的第二首，以見其託喻手法。

> 憔悴鴛鴦不自由，鏡中鸞舞只堪愁。庭前花是同心樹，山下泉分兩玉流。　　金絡馬，木蘭舟。誰家紅袖水西樓。春風殢殺官橋柳，吹盡香緜不放休。

此詞上片寫一個女子被迫與情人分離，落得鳳孤鸞單；明明本是同心的連理枝，如今卻泉水分流。下片則回想當日「柳外青驄別後，水邊紅袂分時」情景，而如今自己就像那水邊楊柳，身不由己，任憑風兒吹弄，絮飛香盡，猶不放休。這顯然是借女子悲愴口吻，來暗喻自己的身世之悲及亡國之痛。這個被困於樊籠的女子形象，恰似他在國亡之後，備受拘箝的生活遭遇，而「殢殺官橋柳」的無情春風，則是喻指無情的蒙古鐵蹄，奪去了他的一切；「吹盡香緜不放休」更是他至深至痛的亡國哀思。詞中「憔悴鴛鴦」、「鏡中鸞舞」、「同心樹」、「兩玉流」、「金絡馬」、「木蘭舟」、「春風」、「楊柳」、「香緜」等所有形象，無一不是「宮體」的香艷寫法，甚至動詞「殢殺」也是十足女性化的字眼，眞可謂的「蕃艷其外」；而隱於背後的身家國事悲慨，流露於不能自已，又眞是「醇至其內」了。

另外如題爲「薄命妾」的詞〈鷓鴣天〉：

其一

> 複幕重簾十二樓，而今塵土是西州。香雲已失金鈿翠，小景猶殘畫扇秋。　　天也老，水空流。春山供得幾多愁。桃花一簇開無主，儘著風吹雨打休。

其二

顏色如花畫不成，命如葉薄可憐生。浮萍自合無根蒂，楊柳誰教管送迎。　　雲聚散，月虧盈。海枯石爛古今情。鴛鴦隻影江南岸，腸斷枯荷夜雨聲。

其三

一日春光一日深，眼看芳樹綠成陰。娉婷盧女嬌無奈，流落秋娘瘦不禁。　　霜塞闊，海煙沈。燕鴻何地更相尋。早教會得琴心了，醉盡長門買賦金。

這三首主要描寫一個薄命女子身世的變化。第一首寫那女子由榮華而零落，從複幕重簾十二樓的深閨中，流落到已是一片塵土的西州，兩相對比，身世眞有天壤之別。三四句形容零落的愁慘，正如結句所比喻的，就像可憐的桃花，受盡風吹雨打，而無人憐惜。一個「休」字，有萬事皆休的千鈞之力。第二首接寫這位「顏色如花」的美麗女子，卻如葉子般薄命，就像浮萍無根，風柳飄蕩。縱然往日海枯石爛的眞情永遠不變，然而就像硬被拆散的鴛鴦，只能在夜雨枯荷聲中，獨自憂傷腸斷。第三首進寫時光的流逝，零落天涯的薄命女子，日復一日地憔悴憂傷，可是沈煙霜塞，何處能再尋傳訊的鴻燕呢？往日的青春榮華都已無法挽回，只有在醉後能暫時忘記痛苦罷了。在這裡，薄命女子即遺山自喻。女子由榮華而飄零，由歡聚而離散的身世，正是他自己一生的寫照。浮萍無根，風柳飄蕩，即遺山於國亡後天涯淪落的情形。而海枯石爛之眞情，也無非他的一片家國忠悃。沈煙霜塞，鴻燕無地相尋，更是追懷故國的無限深悲。結語的「早教會得琴心了，醉盡長門買賦金」，則見他的無可奈何，只好淒涼自守了，這是無可挽回的悲憤情狀下，最沈痛的絕決語。三首串寫薄命女子的身世，充滿了「往復低徊，掩抑零亂之致」。

另外，他還有一些作品，雖沒有題序說明，然而同樣也是喻託之作，即如同屬於〈鷓鴣天〉調的下面兩首：

玉立芙蓉鏡裡看，鉛江無地著邊鸞。半衾幽夢香初散，滿紙春心墨未乾。　深院落，曲闌干。舊歡新恨苧衣寬。
幾時忘得分攜處，黃葉疏雲渭水寒。

百囀嬌鶯出畫籠，一雙蝴蝶殢芳叢。葱蘢花透纖纖月，暗
澹香搖細細風。　情不盡，夢還空。歡緣心事淚痕中。
長安西望腸堪斷，霧閣雲窗又幾重。

在綺夢初回，好事成空的細膩而香豔的描寫中，寓含了遺山美好理想破滅的悲涼。詞中的「黃葉疏雲」、「霧閣雲窗」、「長安西望」、「渭水生寒」等蕭瑟曠遠的境界，則發抒了比兒女私情更深沈，更博大的故國思念之情。像這種纏綿婉曲，又有濃厚感傷色彩的作品，眞是所謂「流露于不自知，觸發于弗克自已。身世之感，通于性靈；即性靈，即寄託，非二物相比附也。」〔註16〕從這些篇什，眞教人「悲其心原其志」，〔註17〕而想見他的人格與風調了。

沈祥龍在《論詞隨筆》中說：「詠物之作，在借物以寓性情，凡身世之感，君國之憂，隱然蘊于其內，期寄託遙深，非沾沾焉詠一物矣。」〔註18〕遺山詠物詞中，特別有一首詠蓮的〈鷓鴣天〉，也是運用託喻的手法來寫的。其詞云：

瘦綠愁紅倚暮煙，露華涼冷洗嬋娟。含情脈脈知誰怨，顧
影依依定自憐。　風送雨，水連天。凌波無夢夜如年。
何時北渚亭邊月，狼藉秋香拂畫船。

這首詠蓮的小詞，作於蒙古太宗七年，遺山四十六歲，羈留在山東冠氏時。全詞描繪的是一幅淒清的畫面，爲抒情的內容提供了典型的情境。夏天裡原是「濯清漣而不妖」的荷花，如今卻似形容清瘦，黯然魂消的少女，愁依暮煙，獨處水天。一個「倚」字，透露了荷花矜怯無力、楚楚可憐的神態。而「含情默默知誰怨，顧影依依定自憐」二句，是以意婉情深之筆，描狀荷花的落寞孤寂，顧影自憐，也等於是

〔註16〕《蕙風詞話》卷五，見《詞話叢編》冊五，頁4526。
〔註17〕《蕙風詞話》卷三，見《詞話叢編》冊五，頁4465。
〔註18〕《詞話叢編》冊五，頁4058。

寫詞人的自傷身世。換頭:「風送雨,水連天」,點出荷花處境之艱難,實即暗喻詞人自己顛躓的遭遇。急風冷雨,水天相連,四顧茫茫,愁緒萬千,自然覺得一切成空,夜長如年。結拍回憶往日明月照臨、畫船來往、涼風輕拂的繁盛時光,與今日「紅衣半落,狼藉臥風雨」(〈摸魚兒〉)的境況相比,而無限的淒楚悲抑已盡在其中了。「何當」二字,對一切絕望的亡金故臣而言,更有難言的悲痛在。蓮花是高潔的象徵,愛國詩人屈原在《離騷》中有「制芰荷為衣兮,集芙蓉以為裳;不吾知其亦已兮,苟余情其信芳」的描述。相隔千載以下,遺山將荷花人格化,把一己的深悲沈痛,傾注於荷花這個「瘦玉亭亭依秋渚,澹香高韻,費盡一天清露」(〈感皇恩〉)的形象上,託喻了他潔身自好、抗節不仕的高貴情操。這種情形,正如沈德潛在《說詩晬語》中說的:「事難顯陳,理難言罄,每托物連類以形之;鬱情欲抒,天機隨觸,每借物引懷以抒之;比興互陳,反覆歌唱,而中藏之歡愉慘戚,隱躍欲傳,其言淺,其情深也。」可以說點出了遺山這首詠物託喻詞的神髓;也使我們意會到「窮極呼天,苦極呼母」的愁慘叫號,固然令人驚心動魄,卻往往缺少了深層的悲慮感傷。反之,若將歡愉愁慘之情,積澱深藏,再以喻託詠歎方式出之,則越是痛定思痛,越是令人百感交集,低徊不已。這也正如遺山在〈楊叔能小亨集引〉中所云:「至于傷讒疾惡不平之氣不能自掩,責之愈深,其旨愈婉;怨之愈深,其辭愈緩。」這個觀點,可說在他的詠物、宮體等詞的託喻手法中,得到了體現。

以上所論析的幾首〈鷓鴣天〉詞,除詠蓮一首外,其餘作年雖不可確考,然而總歸都是金亡後之作,〔註19〕殆無可疑,故筆者認為託喻的成分就更高了。另外,遺山尚有一些婉媚纖麗之詞,與前述諸作頗有近似之處,所以一併討論於下:

如〈清平樂〉詞云:

離腸宛轉,瘦覺妝痕淺。飛去飛來雙語燕,消息知郎近遠?

〔註19〕清況周頤《蕙風詞話》、繆鉞〈論元好問詞〉一文,及筆者皆做此認定。

> 樓前小雨珊珊，海棠簾幕輕寒。杜宇一聲春去，樹頭無數青山。

這首小詞從表面看來，是寫閨中思婦的情愫與感受。起句「離腸宛轉」，可知是思念遠行之人。由於離別日久，思念良深，故而日漸消瘦，容光憔悴。也因容光憔悴，故覺平日妝痕太淺。眞是一語三折，細緻深微。三四句，輭語呢喃的雙燕，映襯了樓中人的形單影隻，問燕處一頓，則知自郎去後，遠近全無消息，所以開頭女主人的離腸宛轉，就更非無因了。首尾互相呼應，眞是綿密之至。下片蕩開去寫，在輕寒天氣中，女主人佇立樓頭，小雨珊珊，海棠紅濕。纖細柔婉的景象，正象徵女主人纖細柔婉的心愫，而雨中海棠的淒美意象，更是女主人悽美婉轉的思念之淚，有一種難言的惆悵與悲哀，含蘊其間。結句「杜宇一聲春去，樹頭無數青山」，更是意象豐富。杜宇一聲，則春事已了，而杜宇啼聲似言「不如歸去」，反襯郎君有家不歸，徒使美好的春光就此流逝，心情之悽惋，更是盡在不言之中了。而小樓上舉目遠眺，只見樹頭之外無數青山，一種「平無盡處是春山，行人更在春山外」的淒惘之情，惆悵之感，瀰漫全詞，味之無盡。

這是一首柔婉淒美、細緻輕靈的小詞，無怪陳廷焯評它說：「婉約近五代人手筆」。〔註 20〕我們如純就情詞來賞讀它，自無不可，然而若結合遺山的身世來稍加深求，知人論世，而將其列入託喻之作，也似無不可。上片閨婦對良人之思念，正喻孤臣孽子之思念君國；而下片之杜宇啼聲，則使人興起「何處是歸程，長亭更短亭」之嘆，正是故鄉淪陷，有家歸未得之深悲。結處登樓遙望家山，則故鄉更在青山之外，惟有無盡的惋嘆了。這裡如果再參酌辛棄疾〈菩薩蠻〉「西北是長安，可憐無數山」句意來體會，就更能呼應上片，契合詞境。當然，強作解人未必符合詩詞之賞析原則，不過，譚獻〈復堂詞錄序〉云：「甚且作者之用心未必然，而讀者之用心何必不然。」，將一些顯然有託喻之作，稍加

〔註 20〕《詞則・大雅集》卷四。

考索聯想，亦可視爲讀者之再創造，其藝術價値也是不容抹殺的。

另外，遺山還有一首〈滿江紅〉，亦屬婉媚之作。詞云：

> 一枕餘醒，厭厭共、相思無力。人語定、小窗風雨，暮寒岑寂。繡被留歡香未減，錦書封淚紅猶濕。問寸腸、能著幾多愁，朝還夕。　　春草遠，春江碧。雲暗澹，花狼藉。更柳緜閒颺，柳絲誰織。入夢終疑神女賦，寫情除有文星筆。恨伯勞、東去燕西歸，空相憶。

此首也寫思婦之情，可謂婉麗之至。同樣的，我們從「興於微言」來看這首詞；再用「知人論世」之法，縱觀遺山一生，則將它視爲比興寄託之作，應該不至於有深文羅織之嫌才是。〔註21〕陳廷焯評此詞說「淒麗纖雅，叔原遺響。」〔註22〕而遺山當時人王中立〈題裕之樂府後〉有詩云：「常恨小山無后身，元郎樂府更清新。紅裙婢子那能曉，送與淩煙閣上人。」〔註23〕可見他們都以爲遺山這類詞頗能得晏叔原（幾道）之長。這點若是從詞之外在風貌看來是不錯的，也可以證明遺山詞風格的多樣性。但若是從深層的精神內涵去探求，便不難看出遺山的生命情調，是與小山大不相同的。《遺山樂府》的寄慨良深，襟懷博大，乃是源自他深厚的生命情調與豐富的生活閱歷，這一點如遽然引晏小山來比，恐怕會讓人失望的。

最後，遺山還有幾首惜春傷春之詞，顯然有所託喻，也一併在此提出討論。即：

〈朝中措〉

> 春閨寂寂掩蒼苔。風雨捲春回。擬寫碧雲心事，筆頭無句安排。　　燈昏酒冷，愁牽夢引，直似秋懷。料得酴醾知我，枕邊時有香來。

〔註21〕「興於微言」與「知人論世」之説，詳見葉嘉瑩《中國詞學的現代觀》第二部分〈迦陵隨筆〉之九。

〔註22〕《詞則・閑情集》卷二。

〔註23〕《中州集》卷九，頁313。

〈青玉案〉

落紅吹滿沙頭路。似總爲、春將去。花落花開春幾度。多情惟有，畫梁雙燕，知道春歸處。　　鏡中冉冉韶華暮。欲寫幽懷恨無句。九十花期能幾許。一卮芳酒，一襟清淚，寂寞西窗雨。

〈漁家傲〉

午醉醒來春欲去。鶯兒燕子都無語。好箇一春行樂處。花無數。寶釵貰酒花前舞。　　十里驛亭楊柳樹。多情折斷青青縷。春到去時留不住。留不住。西城日日風和雨。

以上三首，無限惋惜的是「風雨捲春回」、「春到去時留不住」、「多情惟有，畫梁雙燕，知道春歸處」。他的一往情深，無可如何，正欲提筆來寫，卻又「擬寫碧雲心事，筆頭無句安排」、「欲寫幽懷恨無句」、「鶯兒燕子都無語」。面對此情此景，只有「燈昏酒冷，愁牽夢引，直似秋懷」；「一卮芳酒，一襟清淚，寂寞西窗雨」了。一面是實寫惜春傷春之無意無緒；另一面，他的「幽懷」、「秋懷」，則是傷心人別有懷抱，正有如況周頤《蕙風詞話》中所云：「吾觀風雨，吾覽江山，常覺風雨江山之外，別有不得已者。」這種「不得已」，是他內心對外在國事、身世的情懷感受。這種感受，雖不可確指，也沒有特定的人物、時間與地點；只是春光漸減，只是對美好生命的珍重憐惜，只是對無常世事的悲哀嘆惋，所以詞中充滿一片鬱伊愴怳，幽咽纏綿的氣氛。因此我們讀詞，能夠結合作者的身世背景、志意懷抱、生平遭遇後，掌握住他詞中生命情意的一貫本質，則這一類敘寫悲哀悵惘的，不能確指的「憂來無方，人莫之知」的哀愁，其實都暗喻了他心中無可排解的危苦煩亂。所以，這一類所懷萬端，若隱若晦之詞，作法上是比興爲多；亦即以託喻的手法，將其心中危苦煩亂，鬱不自達者，一於詞中發之。這是詞家高超之藝術手法，也是形成詞中意境深遠的因素。當然，這種詞之所以爲詞的特美，是結合了美麗哀愁的字句，和詞人內心深曲、綿遠、眞摯的情愫，才有以致之。託喻之手法，特爲其藝術表達手法中的一端罷了。

綜合以上所述，《遺山樂府》詞所以含蘊深遠，能於豪壯中見沈鬱，疏放中見蒼涼，纏綿中見沈咽，除了是來自生命情意本質的曲折含蘊，耐人尋繹外，主要他在藝術表現的技巧上，有著匠心獨運，全力經營，精工錘鍊，又抹去斧斫痕的「自然之工」。譬如他運用了歷史中古典的意象，大自然特殊景物的意象，做間接的表現，而避免了直接的敘寫；又如他運用反襯、對襯的技巧，凸顯強化了他志意理念的深刻過人，身世國事的曲折蒼涼；也利用託喻的技巧，以香草美人等比興寄託的方式，表達其黍離麥秀的深悲；同時更將情語、景語渾化融合，達到景語無非情語，情景交融的最高境界。所以他的藝術表現手法，在在使其「無事不可言、無意不可入」的詩化之詞，既保持了詞之所以爲詞的曲折深蘊之美，也避免了直質淺率，一洩無餘的弊病。同時，他一方面體現了注重言外之意，雋永之趣，以及文字技巧琢磨鍛鍊的文學創作觀念；一方面又繼承了稼軒「豪邁勁健中見沈鬱頓挫」，東坡「天風海濤之曲中蘊含幽咽怨斷之音」的詞風特色。

第六章　《遺山樂府》風格綜述

本文的第四、第五兩章中，已分別探討了《遺山樂府》的內涵境界及表現藝術。前者屬於他內在的情意本質，後者屬於他外在的表現手法。至於這兩者之間相輔相成，相依相融之後，表現出來的一種整體的風神品格，則可稱之為「風格」。康有為《味梨集序》說：「吾嘗游詞之世界：幽愕靈渺，水雲曲曲；燈火重重，林谷奧鬱；山海蒼琅，波濤相撞；天龍神鬼，洲島渺茫。吐滂沛於寸心，既華嚴以芬；忽感入於神思，徹八極乎徬徨。信哀樂之移人，欲攬涕乎大荒。惟情深而文明者，能倚聲而厲長。」〔註1〕他用優美的語言道出了歌詞世界的風格多變，情致多樣，也正是這種風格上的千姿百態，成就了詞體挹之不盡的無窮美感。

本章論述《遺山樂府》的風格，除了探究他作品中各種不同風格兼容並存的情形外，還要探討不同的風格相互交融於同一件作品中的現象，以見其作品風格的「多樣性」及「複雜性」，亦即借此一睹「才人伎倆，眞不可測」〔註2〕的大家風範；最後再就代表其樂府的主流作品，作一綜述，以見其「主體風格」之所在，期能稍窺《遺山樂府》的全豹。

〔註1〕轉引自楊海明《唐宋詞的風格學》第十二章頁161。
〔註2〕該語本為沈謙《填詞雜說》評辛棄疾〈祝英臺近〉「寶釵分」之語。

第一節　各種風格之兼具並存

「婉約」、「豪放」歷來即爲詞風歸納分派的主流，這種「二分法」的論詞方式，固然有它的概括方便之處，常被許多學者稱引認同，但卻也不免有先入爲主，簡單化、定型化的缺點。其實一個有高度成就的詞人，其表現的風格往往是多方面的，如楊海明於《唐宋詞的風格學》中說：「大作家猶如大山，『造化鍾神秀，陰陽割昏曉』，它既有向陽的一面，又有背陰的一面；既有拔地異峰，又有曲溪小澗；既有古松蒼柏，又有幽谷弱蘭……要之，都是得之於「造化」的「鍾秀」，無一不美，無一不可資人觀賞遊覽。」所以越是風格多樣化的作家，就越能顯出他兼收並蓄的大家風度來。這有時不僅是「伎倆」的問題，更是一個作家氣度襟懷和文化修養層次的問題。即如遺山在詞作中，由於其處境、心情、年齡和觸發感情的人事不同；又由於他的文學修養來自多種渠道的積累；以及詩化之詞，「無意不可入，無事不可言」的志意理念的呈現，所以各種不同風貌的作品可說是兼有並存的，也是得之於造化的鍾秀，無一不可資人觀賞遊覽的。不過由於風格是作品表現出來的一種整體的風神品格，本來就很難絕對客觀的分類，故以下謹參考歷來詞評家對遺山詞風之評介，及一己之領受所得，盡量客觀的將其作品風格，約略歸成四大類來說明。

一、崎嶇排奡、渾雅博大

況周頤《蕙風詞話》云：「遺山之詞，亦渾雅，亦博大，有骨幹，有氣象，以比坡公，得其厚矣。……其〈水調歌頭〉賦三門津「黃河九天上」云云，何嘗不崎嶇排奡……當是遺山少作。」這段評語，對境遇、題材與詞風的關係，有相當深入的剖析。遺山少作中，寫景記遊、登臨懷古之詞，表現的正是豪氣縱橫，賦詩鞍馬的少年氣概。如：

> 少年射虎名豪，等閒赤羽千夫膳。金鈴錦領，平原千騎，星流電轉。路斷飛潛，霧隨騰沸，長圍高捲。看川空谷靜，旌旗動色，得意似，平生戰。　　城月迢迢鼓角，夜如何，

軍中高宴。江淮草木，中原狐兔，先聲自遠。蓋世韓彭，可能只辦，尋常鷹犬。問元戎早晚，鳴鞭徑去，解天山箭（〈水龍吟‧從商帥國器獵於南陽，同仲澤鼎玉賦此〉）

又如：

塞上秋風鼓角，城頭落日旌旗。少年鞍馬適相宜。從軍樂，莫問所從誰。　　候騎才通薊北，先聲已動遼西。歸期猶及柳依依。春閨月，紅袖不須啼。（〈江月晃重山‧初到嵩山時作〉）

這兩篇都反映了意氣風發的豪俠氣慨，尤其遺山對金室尚存振作之望，故氣象恢宏，詞意豪邁，與晚年之作，情致風格皆有不同。

下面這首〈水調歌頭‧賦三門津〉則是遺山作品中，最壯偉奇麗的一首：

黃河九天上，人鬼瞰重關。長風怒捲高浪，飛灑日光寒。峻似呂梁千仞，壯似錢塘八月，直下洗塵寰。萬象入橫潰，依舊一峰閒。　　仰危巢，雙鵠過，杳難攀。人間此險何用，萬古秘神姦。不用然犀下照，未必佽飛強射，有力障狂瀾。喚取騎鯨客，撾鼓過銀山。

雄偉壯麗的黃河奇景，在他筆下，正是表現少年的意氣飛揚，心胸開闊，以及積極進取的雄心壯志的絕佳題材。尤其對天地奇觀的潑墨揮灑，充滿著一種不可抑勒的豪氣，金石鏗鏘，落地有聲。

又如他有一首借古詠懷之〈水調歌頭‧氾水故城登眺〉，則是表現了渾雅博大的氣象：

牛羊散平楚，落日漢家營。龍拏虎擲何處，野蔓罥荒城。遙想朱旗回指、萬里風雲奔走，慘澹五年兵。天地入鞭箠，毛髮懍威靈。　　一千年，成皋路，幾人經。長河浩浩東注，不盡古今情。誰謂麻池小豎，偶解東門長嘯，取次論韓彭。慷慨一尊酒，胸次若爲平。

這首開頭以「牛羊散平楚，落日漢家營」，寫中原風物的蒼茫宏偉。過片「一千年，成皋路，幾人經。長河浩浩東注，不盡古今情」數句，史觀史感而取遠勢遠神出之。全詞但覺威勢逼人，境界高遠宏大，是標準的有骨幹，有氣象的博大之作。

以上所舉，無不是氣象奇偉壯闊，聲勢崎崛豪宕，有過於坡公，而進與稼軒比肩者。遺山嘗有七絕論〈敕勒歌〉云：「慷慨歌謠久不傳，穹廬一曲本天然。中州萬古英雄氣，也到陰山敕勒川。」的確，生長於雲朔的遺山，中州雄偉壯麗的山川，北國蒼莽壯闊的天地，使其視野超絕，胸襟廣博，因此以如椽之筆，或發抒自己力圖建功立業的雄心壯志，或展示放眼今古的史家眼光，成就了這些風格崎崛排奡，渾雅博大的詞作，輝映今古。

二、疏放自得、超曠雋逸

一般詞作若屬疏放、超曠、雋逸之類的風格者，通常多是一些士大夫發抒他們的出世之想、歸隱之志的作品。蘇軾可說是一位開宗立派的大家，其後的文士作家即或多或少詠寫這一類的題材。到南宋時，這類題材風格更大爲流行，〔註 3〕豪放派的大家辛棄疾即有不少風格類此之作。遺山平生最推尊蘇、辛，且生逢兵馬倥傯的亂世，胸中有志不得伸的不平磈磊，使他油然而生歸隱田園，悠遊山林的出世之想。感而下筆，便是一派疏放自得，超曠雋逸的風格。如下面這首，是他在嵩山時所作，很可代表這類風格：

> 空濛玉華曉，瀟灑石淙秋。嵩高大有佳處，元在玉溪頭。翠壁丹崖千丈，古木寒藤兩岸，村落帶林丘。今日好風色，可以放吾舟。　　百年來，算唯有，此翁游。山川邂逅佳客，猿鳥亦相留。父老雞豚鄉社，兒女籃輿竹几，來往亦風流。萬事已華髮，吾道付滄洲。（〈水調歌頭•賦德新王丈玉

〔註 3〕楊海明《唐宋詞的風格學》下編十三章〈雅與俗〉云：「隱逸詞作在南宋的勃興是有其社會原因的。一方面，偏安的形勢下，最高統治者有意的「引導」臣子們把注意力轉向湖山清賞之中；另一方面，政治上的受壓抑，又驅使一些本來頗欲有所作爲的士大夫文人，被迫轉向歸隱。這兩方面的原因，就促使南宋詞壇上出現了爲傳統的「言情」，和新興的愛國之作以外的另一股潮流——「出世」、「隱逸」詞。」

溪，溪在嵩前費莊，兩山絕勝處也〉）

上片形容嵩山景色之勝，歇拍的「今日好風色，可以放吾舟」，即已透出灑洒雋逸之雅趣。下片接寫山林生活的疏放自得，結句「吾道付滄洲」，則點明隱逸的詞旨。超曠閒適的風格，令人悠然神往。

又如下面這首〈水龍吟‧同德秀游盤谷〉：

> 接雲千丈層崖，古來此地風煙好。青山得意，十分濃秀，都將傾倒。可恨孤峰，幾回空見，松筠枯槁。自都門送別，膏車秣馬，誰更問，盤中道。　　我愛陂塘南畔，小川平、橫岡迴抱。野麋山鹿，平生心在，長林豐草。婢織奴耕，歲時供我，酒船茶竈。把人間萬事，從頭放下，只山中老。

這首是標準的疏放自得，超曠雋逸之作。長調舖寫，尤其具有「情景交融」、「神與物遊」的特點。審美的主體與客體，達到了高度的統一，格外具有一種耐人尋味的深遠感。結句的夸飾手法，充份反映了士大夫嚮往的那種「山林雅趣」。

下面這首小令〈清平樂〉，也是這類風格的代表之作：

> 溪頭來去，坐臥沿溪樹。管甚人間無著處，已被白雲留住。　　生平不置肝腸，只今物我都忘。說與山中魚鳥，相親相近何妨。

是一種與大自然融合爲一，渾然忘我的境界。

遺山這類風格之詞，可謂集恬淡、靜雅和清俊於一身，表現了回歸大自然母親樸素、眞摯的情懷，在「穠麗」、「豪放」的詞風裡，別是一種「雅健」之趣。

三、怨抑激楚、沈鬱蒼涼

金亡之時，遺山四十五歲，孤臣孽子的悲涼處境，步入老年的遲暮心態，在在使其詞風轉趨於黯淡。尤其目睹「蕩蕩青天非向日，蕭蕭春色是他鄉」（〈徐威卿相過留二十許日將往高唐同李輔之贈別〉）的物是人非，以及「只知終老歸唐土，忽漫相看是楚囚」（〈鎮州與文舉百一飲〉）的感時觸事，更使其豪健雋逸之詞風，一變為怨抑激楚，沈鬱蒼涼。如下面這首〈木蘭花慢〉便是顯例：

> 對西山搖落，又匹馬，過并州。恨秋雁年年，長空澹澹，事往情留。白頭。幾回南北，竟何人、談笑得封侯。愁裏狂歌濁酒，夢中錦帶吳鉤。　　嚴城笳鼓動高秋，萬竈擁貔貅。覺全晉山河，風聲習氣，未減風流。風流。故家人物，慨中宵、拊枕憶同遊。不用聞雞起舞，且須乘月登樓。

全首以今昔盛衰對比，凸顯眼前的蒼涼悲慨。其中「愁裏狂歌濁酒，夢中錦帶吳鉤」、「竟何人談笑得封侯」，透露了多少對身世遭遇不平而生的怨抑激楚。而「故家人物，慨中宵、拊枕憶同遊」的知交零落，及結句「不用聞雞起舞，且須乘月登樓」的萬事消歇，則沈鬱蒼涼，直透紙背。

另一首〈木蘭花慢・送親家丈〉，亦有類似風格，只是情調更為黯淡蕭疏：

> 又東門送客，側身西望長嗟。算萬里功名，幾番風雨，何限雲沙。相看已過半百，甚年年、各在天一涯。秋氣偏催過雁，疏煙細點歸鴉。　　旌旗未卷鬢先華。清淚落悲笳。問蜀道登天，錦城雖好，得似還家。關心老來婚嫁，要與余、鄰屋共煙霞。到口征西車馬，輸他杜曲桑麻。

詞中的「側身西望長嗟」、「清淚落悲笳」之情，與「秋氣偏催過雁，疏煙細點歸鴉」之景，交融渾化成一片激楚蒼涼之詞風，令人為之愴然涕下。

至於他有一首〈鷓鴣天〉，更是直抒胸臆之作：

> 八月盧溝風路清，短衣孤劍此飄零。蒼龍雙闕平生恨，只有西山滿意青。　　塵擾擾，雁冥冥。因君南望湧金亭。還家賸買宜城酒，醉盡梅花不要醒。

可謂怨抑激楚，沈鬱頓挫，兼而有之了。

況周頤《蕙風詞話》云：「遺山晚歲，鼎鑊餘生，棲遲零落，興會何能飆舉？知人論世，以謂遺山即金之坡公，何遽有愧色耶？充類言之，坡公不過逐臣，遺山則遺臣孤臣也。……」正因其身世遭遇如此，因此其詞中有云：

墓頭不要征西字，元是中原一布衣。(〈鷓鴣天〉)

少日龍門星斗近，爭信，淒涼湖海寄餘生。(〈定風波〉)

只知心事在，爭問鬢毛蒼……東山看老去，湖海永相忘。(〈臨江仙〉)

人間更有傷心處，奈得劉伶醉後何。(〈鷓鴣天〉)

傍人錯比揚雄宅，笑殺韓家晝錦堂。(〈鷓鴣天〉)

怨抑激楚，沈鬱蒼涼之氣，眞教人悲其志而原其心矣。

四、清新瀏亮、纏綿婉曲

遺山論詞，推許蘇、辛二家，而實際作品中，雅健雋爽之詞風，亦自成一格，有相當成就。至於一般所謂婉麗纏綿的正宗之作，他卻也有斐然可觀的成績。如兩首少作，即〈蝶戀花〉：

一片花飛春意減，雨雨風風，常恨尋芳晚。若箇花枝偏入眼，尊夢細問春風揀。　醉裡看花雲錦爛，只記鶯聲，不記紅牙板。留著佳人鸚鵡琖，明朝賸把長條換。

一派清新婉麗，頗有南唐風貌。

另一首是〈點絳脣〉：

沙際春歸，綠窗猶唱留春住。問春何處，花落鶯無語。　渺渺吟懷，漠漠煙中樹。西樓暮，一簾疏雨，夢裡尋春去。

輕柔細緻的筆觸，表達了少年多情善感的心靈，形成了這首詞婉約動人的風致。

還有一些酒筵歌席的遊戲之作，又是另一種風情。如下面這首〈青玉案‧代贈欽叔所親樂府鄆生〉：

苧蘿坊裡青驄駐。愛鸚鵡、垂簾語。一捻嬌春能幾許。寒梅欲動，小桃初放，恰是關心處。　西城流水東城雨。

綠葉成陰慣相誤。只恐韶華容易去，一聲金縷，一卮芳酒，且爲花枝住。

清新瀏亮的詞風，恰如其分其傳達了酒筵歌席的歡洽氣氛。其中的「一捻嬌春」、「寒梅欲動，小桃初放，恰是關心處」，溫柔細膩，婉媚多情。下片的流光傷逝，珍惜芳華，更是情深意婉，十分動人。

又他賞花惜春，詠物詠花之詞不下二、三十首，感受都極爲纖細多情。如下面這首〈江城子〉：

杏花開過雪城團。惜朱顏。負清歡。只道今年，春意已闌珊。卻是地偏芳信晚，紅數點，小溪灣。　　碧壺香供挽春還。一枝閑。淡相看。月落山空，誰與護朝寒。傳語春風留客好，莫容易，便吹殘。

筆墨是清淡的，感覺卻是敏銳的、眞誠的。對春天、對杏花，輕柔的憐惜，深情的珍重，也是對己、對家、對國一往情深的襟懷所出。婉麗的風格下，給人的是對生命、對青春、對芳華深深的珍惜，意境深遠幽微。

另外，遺山還有一些情詞，寫來纏綿婉曲，如下面這首〈清平樂〉：

離腸宛轉，瘦覺妝痕淺。飛去飛來雙語燕，消息知郎近遠。　　樓前小雨珊珊，海棠簾幕輕寒。杜宇一聲春去，樹頭無處青山。

這首陳廷焯《詞則・大雅集》評之云：「婉約近五代人手筆。」則其風格可知了。

又如〈滿江紅〉云：

一枕餘酲，厭厭共、相思無力。人語定、小窗風雨，暮寒岑寂。繡被留歡香未減，錦書封淚紅猶溼。問寸腸、能著幾多愁，朝還夕。　　春草遠，春江碧。雲暗澹，花狼藉。更柳綿閒颺，柳絲誰織。入夢終疑神女賦，寫情除有文星筆。恨伯勞、東去燕西歸，空相憶。

陳廷焯《詞則・閑情集》評此詞云：「淒麗芊雅，叔原遺響。」可見此詞很有晏幾道的風格。這點，當時人如王中立〈題裕之樂府后〉詩云：「常恨小山無后身，元郎樂府更清新。紅裙婢子那能曉，送與凌煙閣上人。」〔註4〕即認爲遺山是「小山后身」，這可說又是遺山詞的另一種面貌。

遺山還有另一首〈摸魚兒〉詞，詠投水殉情的一對小兒女，後化爲並蒂荷花的故事：

> 問蓮根、有絲多少，蓮心知爲誰苦。雙花脈脈嬌相向，只是舊家兒女。天已許。甚不教、白頭生死鴛鴦浦。夕陽無語。算謝客煙中，湘妃江上，未是斷腸處。　　香奩夢，好在靈芝瑞露。人間俯仰今古。海枯石爛情緣在，幽恨不埋黃土。相思樹。流年度、無端又被西風誤。蘭舟少住。怕載酒重來，紅衣半落，狼藉臥風雨。

以極有情之筆，敘極有情之事，宜其深契而感人。結句之「怕載酒重來，紅衣半落，狼藉臥風雨」，可謂意婉情深。而句首著一「怕」字，無意中流露的矜怯消息，更是纏綿之至。

由以上所述，不但可以見出遺山「兼收並蓄」的大家風度，同時由於各類詞風都有傑出的表現，更可瞭解其才氣襟懷，文化修養的過人之處，及藝術技巧能充分掌握內在本質，恰如其分表現出來的功力，因此《遺山樂府》各種風格兼具並存的「多樣性」，正是大家之所以爲大家的最好證明。

第二節　不同風格之轉化交融

中國古代文論中，素有「陽剛」之美與「陰柔」之美之說。尤其清姚鼐〈復魯絜非書〉中，用形象化的語言，對陽剛與陰柔之美有相當生動的描繪：「其得於陽與剛之美者，則其文如霆、如電、如長風之出谷、如崇山之峻崖、如決大川、如奔騏驥。……其得於

〔註4〕《中州集》卷九頁35。

陰與柔之美者，則其文如升初日、如清風、如雲、如煙、如幽林曲澗、如淪、如漾、如珠玉之輝、如鴻鵠之鳴而入廖廓。」如以這種剛、柔之別來論詞的風格，則勁健之詞是屬於陽剛之美，婉麗之詞是屬於陰柔之美。而傑出的詞家，往往「剛」與「柔」之間不僅可以並存，而且可以轉化交融。以下即論述「摧剛爲柔」與「剛柔交融」兩種情形。

一、摧剛爲柔

所謂的「摧剛爲柔」即是一種「百煉剛化作繞指柔」的風格。這種情形往往是出於作者不能直言的政治環境下，如岳飛抱痛飲黃龍之志，力斥和議之非，他憤當時群小誤國，而己志莫明，有〈小重山〉詞云：「起來獨自繞階行，人悄悄，簾外月朧明。」又云：「欲將心事付瑤琴，知音少，弦斷有誰聽。」又如辛棄疾雄姿英發，志圖恢復，憤朝廷用之不盡，不能驅逐胡虜，建樹偉業，故其〈摸魚兒〉詞云：「長門事，準擬佳期又誤，脈脈此情誰訴。君莫舞，君不見，玉環飛燕皆塵土。閒愁最苦。休去依危闌，斜陽正在，煙柳斷腸處。」此二公，光明俊偉，壯懷精忠，其苦心孤詣，皆藉含蘊幽約的詞體表達，即形成有弦外之音的「摧剛爲柔」的風格。這種詞作，將悲憤沈鬱之情，出以淒美之辭，遂成異采。而這種經過「摧剛」後折出之「柔」，又非古今之成大事業，大學問者，不能臻此境界。

遺山以絲竹中年，遭遇國變，卒以抗節不仕，著述存史二十餘年。神州陸沉之痛，銅駝荊棘之傷，往往寄託於詞，形成它悲歌慷慨之音。但是某些政治環境下，卻使他不得不「摧剛爲柔」，把滿腔忠憤悲慨化作幽咽纏綿的哀怨出之。如〈鷓鴣天・宮體八首之三〉：

> 天上腰肢說館娃，眼中金翠有芳華。行雲著意留歌扇，遠柳無情隔鈿車。　周昉畫，洛陽花。一枝濃艷落誰家。春寒恨殺如年夜，庭樹陰陰欲暮鴉。

全詞於館娃歌扇，金翠芳華等濃艷的「宮體」風格中，利用對襯手法在結句中暗藏了亡國的淒清悲涼。

又如〈鷓鴣天•宮體八首之四〉：

> 小字繚綾寫欲成，印來眉黛綠分明。水流刻漏何曾住，玉作彈棋儘未平。　　愁易積，夢頻驚。閒衾攲臥覺霜清。月明不放寒枝穩，夜夜啼烏徹五更。

以及〈鷓鴣天•宮體八首之七〉：

> 八繭吳蠶賸欲眠，東西荷葉兩相憐。一江春水何年盡，萬古清光此夜圓。　　花爛錦，柳烘煙。韶華滿意與歡緣。不應寂寞求凰意，長對秋風泣斷弦。

分明是另有所指，識者自可意會而得。尤其前一首結句「月明不放寒枝穩，夜夜啼烏徹五更」，是暗中抗議新朝的無情統治；後一首結句「不應寂寞求凰意，長對秋風泣斷弦」，則暗喻了一己不肯再仕的倔強悲慨。

像這種纏綿婉曲，若有難言之隱，而又不得已於言者，表面看來，其文雖小，而用意用筆卻極重大；其質雖輕，而情思卻極眞摯，特有一種相反而相成之美。這種風格的作品，遺山詞中，如〈鷓鴣天•宮體八首〉、〈鷓鴣天•薄命妾三首〉，都是以美人香草寄託追懷故國，抗議新朝統治的無限深痛，在表現技巧上，是運用了喻託的手法，因此形成了「摧剛爲柔」，即貌似柔婉，中實貞剛的特殊風格。

二、剛柔交融

一般說來，「兒女情」、「英雄氣」往往是對立的。但傑出詞人的作品中，往往既有豪氣又有柔情，出現了「剛柔交融」的特色，而遺山所最推舉的蘇、辛二家，即不乏此類作品。如蘇軾的〈念奴嬌•赤壁懷古〉，可謂「豪放」的代表作，但它卻在「亂石崩雲，驚濤裂岸」的壯麗圖景中插入了一句「小喬初嫁了」，因而使全詞在雄奇中添上了風流旖旎的色調，由「壯美」生出了「優美」。又如辛棄疾〈水龍吟〉以大量篇幅抒寫他「英雄失路」的悲哀，特別是「落日樓頭，斷鴻聲裡，江南遊子。把吳鉤看了，欄干拍遍，無人會，登臨意」幾句，聲情悲壯，令人幾欲擊碎欄干，但在結句卻用了「倩何人喚取，紅巾翠袖，搵英雄淚」，使豪壯折入柔情，顯出奇情麗語一齊飛動的效果。皆可說是「剛柔交融」的妙用。〔註5〕另外如遺山於〈自題樂府引中〉，以陳與義〈臨江仙〉「憶昔午橋橋上飲」一首，為佳詞的代表，亦是以健筆剛調寫昔日的「英雄勝事」與今日的「英雄悲愴」，但其中挾進了「杏花疏雨」，所以又有幾分柔情，顯出了「剛柔交融」的特色。

遺山詞作中，具有「剛柔交融」風格的作品，亦復不少。如下面這首〈木蘭花慢〉：

> 擁都門冠蓋，瑤圃秀，轉春暉。悵華屋生存，丘山零落，事往人非。追隨。舊家誰在，但千年、遼鶴去還歸。繫馬鳳凰樓柱，倚弓玉女窗扉。　　江頭花落亂鶯飛，南望重依依。渺天際歸舟，雲間汀樹，水繞山圍。相期。更當何處，算古來、相接眼中稀。寄與蘭成新賦，也應為我沾衣。

這首寫亡國的沈哀深痛、嚴肅慘怛的主題，卻加入了「江頭花落亂鶯飛，南望重依依。渺天際歸舟，雲間汀樹，水繞山圍」的柔情之筆，以寄其縹渺幽怨之情，使整首詞憑添了「煙水迷離之致」。於是一片渾融深蘊，哀怨蒼涼，可說是「剛柔交融」風格的代表之作。

又如另一首〈木蘭花慢•遊三臺〉：

> 擁岧岧雙闕，龍虎氣，鬱崢嶸。想暮雨珠簾，秋香桂樹，指顧臺城。臺城。為誰西望，但哀絃、淒斷似平生。只道江山如畫，爭教天地無情。　　風雲奔走十年兵，慘澹入經營。問對酒當歌，曹侯墓上，何用虛名。青青。故都喬木，悵西陵、遺恨幾時平。安得參軍健筆，為君重賦蕪城。

這是國亡後重遊河南鄴下三臺的沈痛之作。在整首感傷故國的拙重老成之筆中，插入了「想暮雨珠簾，秋香桂樹，指顧臺城」的當年情景，於是多了「沈咽」、「幽怨」的柔婉，也有「剛柔交濟」的特色。

〔註 5〕詳參楊海明《唐宋詞的風格學》頁 168。

再如下面這首〈八聲甘州〉：

> 玉京巖、龍香海南來，霓裳月中傳。有六朝圖畫，朝朝瓊樹，步步金蓮。明滅重簾畫燭，幾處鎖嬋娟。塵暗秦王女，秋扇年年。　　一枕繁華夢覺，問故家桃李，何許爭妍。便牛羊丘隴，百草動荒煙。更誰知、昭陽舊事，似天教、通德見伶玄。春風老、擁鬟顰黛，寂寞燈前。

把「牛羊丘隴，百草動荒煙」的殘敗荒涼景象，與「春風老，擁鬟顰黛，寂寞燈前」的幽咽纏綿綰合在一起，不但不覺得不調和，反而是悲愴中見淒美，更有折入一層的情致。

類似這種「剛柔並濟」風格的，也有的是「婀娜含剛健」的，如這首〈鷓鴣天〉：

> 玉立芙蓉鏡裡看，鉛紅無地著邊鸞。半衾幽夢香初散，滿紙春心墨未乾。　　深院落，曲欄干。舊歡新恨苧衣寬。幾時忘得分攜處，黃葉疏雲渭水寒。

其中「滿紙春心墨未乾」是多麼溫柔的感情，「黃葉疏雲渭水寒」又是多麼開闊的氣象，可是這兩種形象放在一起，只感到和諧而不覺得矛盾，可說也是「剛柔交融」的風格的發揮。

上乘的詞作，本來多是剛健、婉約相兼相融的，故清沈謙《塡詞雜說》云：「能於豪爽中著一二精緻語，綿婉中著一二激厲語，尤為錯綜。」亦即豪健之作，要有柔婉之情出乎其間，才不致流於粗獷；婉約之詞，要有勁健之氣充乎其內，才不致過於柔靡。故不同風格之互補交融，入於彼而出於此，方能高妙。遺山之作，可謂深得此中三昧。

第三節　疏快之中自饒深婉之主體風格

前述《遺山樂府》中各種風格的兼具並存，及不同風格的轉化交融，可以見出這位傑出詞人作品風格的多樣性及複雜性，亦可證明其兼收並蓄，靈活多變的大家風度。也正因為是大家，則大家必然有代表大家的主流作品、主體風格，且這主流作品形成的主體風格，必然包含了一個大家的才情性分、志意理念、行事遭遇、創作觀點、表現手法等等。故所謂主體風格，正是大家與大家間，趨別、歸類、比較的主要憑藉，也是評定一位大家作品的特色、成就的必要依據。

《遺山樂府》的主流作品，是以那些他用以抒情言志，有「詩化」傾向的豪傑雋逸，沈鬱頓挫的詞爲代表。至於其主體風格，則劉熙載《藝概‧詞概》所云：「疏快之中，自饒深婉」，可說是相當簡明扼要，又頗爲全面中肯的評述。然而乍看之下，「疏快」、「深婉」似乎是截然不同，又互相對立的兩種風格，以之爲《遺山樂府》的主體風格定位，實有進一步考察探究的必要。以下茲從時代環境、行事遭遇、文學創作觀念、及藝術表現手法上，全面探討其主體風格既「疏快」又「深婉」的原因。

一、以時代環境言

「生長雲朔，其天稟本多豪邁英傑之氣」的遺山，又成長於蘇學盛行，文風最盛的大定明昌末期。繼承的正是金源詞壇蘇軾一派詩化的豪放詞風。東坡的「一洗綺羅香澤之態，擺脫綢繆婉轉之度」，〔註6〕及「行乎其所當行，止乎其不可不止」的獨立開拓精神，造成的豪放高朗之風，超曠飛揚之致，對遺山產生了很大的影響。所以翁方綱於〈齋中與友論詩〉云：「蘇學盛於北，景行遺山仰。」又於〈讀元遺山詩〉云：「遺山接眉山，浩乎海波翻。」因此，遺山成長的北國的地理環境，蘇學盛行的詞壇風氣，以及個人才情性分、胸襟氣度的近似東坡，使其詞作偏向蘇軾那種豪爽雋逸的詩化之詞發展，也因此而使其詞風顯得「疏快」。

二、以行事遭遇言

遺山自幼生長於守儒之家，天資聰穎，飽讀詩書，向有「神童」、「元才子」之譽。而少讀聖賢之書，懷抱經世濟民的大志，可惜卻生值衰亂多故之時，用世之志屢遭讒擯橫阻，救世之心亦苦於無法施

〔註 6〕胡寅《酒邊詞序》。

展。其後更以絲竹中年，遭遇國變，並以亡金故老的身分，慘被蒙古羈管，晚年才以劫後不死之身，隱居著述，存史終老。他一身不幸與不凡的遭遇，有煙霄失路的憤慨，有亡國孤臣的深悲，發之於言志抒情的詩化之詞，往往是於閒適之外，蘊含鬱勃之志；在悲壯之中，折入淒美之情，於是便帶有一種盤旋鬱結之姿。因此形成他「疏快」的詞風中，又有「自饒深婉」的一面。

三、從文學創作觀點言

遺山的論詞主張中，最推尊蘇辛二家，亦以蘇辛的傳人自許。主要是因為他們的作品「情性之外不知有文字」，均是出自眞性情，眞懷抱，有過人的志意理念貫串其中。這種作品，皆是在事與情遇，境與心合的情況下，滿心而發的。因此造成詞中一股不可抑勒的強大文氣，表現為不假雕琢，直抒胸臆的「自然而工」的特色。故遺山這種「推尊蘇辛，以情性為主」的文學創作觀念，及他以蘇辛傳人自許的胸襟抱負，形成了他詞風「疏快」的原因。

另一方面，遺山在論詞主張中，認為佳詞應有「言外之意，雋永之趣」；又十分注重「技進於道，不煩繩削而自合」的自然之工。前者主要強調充沛沈摯的感情內容，要經過積澱深藏後再出之以藝術的技巧，而不是狂歌痛哭的叫囂發洩；後者更進而注重文字經鍾鍊後抹去了斧斫痕的自然之工，以免除北國詞風失之荒率的深裘大馬之譏。他這種創作主張，既強調充沛沈摯的感情內容，又注重藝術表現的文字技巧，也形成其詞風「疏快」之外又兼具「深婉」的原因。

四、從藝術表現手法言

就藝術表現的手法而言，「疏快」、「深婉」，實在包含了比較複雜的因素。以下先就造成「疏快」一面的原因來說：

（一）抒情與用詞

《遺山樂府》具有詩化之詞題材深廣，含蘊豐富的特點。同時由於志意理念、胸懷襟抱的深刻過人；及行事經歷、身世遭遇的挫折巨變，形成了他思想情感上的強烈對比，產生了感情充沛，不可抑遏的強大衝動。因此抒情詠懷，喜歡以一種直抒胸臆的「顯露」手法來表達其內心世界。詞中往往有時間、有地點、有事情、有實實在的人活動其間，這種抒情的「顯」，使其詞作較爲清疏好讀，故使人覺得「疏快」。

再者，遺山論詞，主於情性，運用詞藻以表情達意，強調「自然之工」，故少有繁縟濃艷的色彩，晦澀難懂的僻典；反對假詞藻以堆垛和組織。這種不矯飾，無雕琢痕，自然眞率的作品，也使其詞風呈現了「疏快」的一面。

（二）詞牌與句式

在遺山三百八十首左右的詞中，共出現了七十八個牌調。小令中以〈鷓鴣天〉五十三首，〈臨江仙〉二十二首，〈浣溪沙〉二十一首，〈江城子〉十九首爲最多；長調中，則以〈滿江紅〉十三首，〈水調歌頭〉十一首爲前二名。〔註7〕共占了《遺山樂府》三分之一強的比例。它們共同的特點之一，是多爲豪放派詞人常用的詞調。如〈水調歌頭〉的縱橫跌宕，〔註8〕〈滿江紅〉的聲情激越，〔註9〕固不待言；〈鷓鴣天〉的動蕩之感，〈臨江仙〉的瀟洒之氣，在在都使詞作顯得「疏快」。這些牌調共同的特點之二，是單式句多，雙式句少。因爲

〔註 7〕詞調長短的劃分，毛先舒《塡詞名解》卷一〈紅窗迴〉條下云：「凡塡詞五十八字以內爲小令，自五十九字如至九十字止爲中調，以外者，俱長調也。此古人定例也。」鄭騫先生《由詩到曲》則斥之爲「穿鑿附會，於古無據的說法，不足憑信。」並另外劃分：「大概七八十字以下即爲小令，八九十字以上即是長調。」這種分法比較不受拘泥。同時日人村上哲見在《宋詞研究》一書中，統計比較晏殊、歐陽修、張先、柳永所用詞調時，亦以「八十五字以上爲長調」的標準。故本節於此即用此標準，分小令與長調兩方面來統計遺山常用之詞調。

〔註 8〕鄭騫先生《從詩到曲》頁 59〈詞曲的特質〉云：「詞調的音律也有縱橫跌宕，近於立體不近於平面的，如水調歌頭……。」

〔註 9〕龍沐勛《唐宋詞格律》頁 106〈滿江紅〉詞牌說明：「此調聲情激越，宜抒豪壯情感及恢張襟抱。」

單式句唱起來要比雙式句的節拍奔快，所以念起來有縱橫跳動之感，能產生跌宕的音節，所以也是使其詞作顯得「疏快」的原因。

至於藝術表現手法上，造成「疏快」的風格中兼有「深婉」的原因，一是他選用了歷史中古典的意象及大自然界景物的意象，做間接的表現，而避免了直接的敘寫。而且他選用的意象又與敘寫的情事完全融匯成一體，在互相感發映襯下，遂產生一種豐厚深穩的感人力量。二是他運用了反襯、對襯的技巧，凸顯出他志意理念的深折過人，身世國事的曲折變化、悲憤蒼涼，避開了粗豪叫囂的鄙俚直露。三是他以美人香草等比興寄託的傳統，委婉曲折的表達了他黍離麥秀的沈悲深痛。四是他善用以景喻情，融情入景的情景交融手法，使詞作在「一切景語無非情語」的情形下，詞意曲折，情致深婉。這些藝術技巧的講究，使其詩化之詞，保持了詞之所以爲詞的本色，也使其詞風在「疏快」中有了「深婉」的一面。

總之，不論是遺山身處的時代環境，行事遭遇，或是他所抱持的文學創作觀念，運用的藝術表現手法，都使其詞作呈現「疏快」、「深婉」兩種似相反而實相成的風格。而且不管是抒發眞性情的自然暢達，或渾成的詞境中，含蘊之深厚，韻味之雋永，可說都在疏快的詞風中保持了曲折含蘊之美。尤其「疏快」、「深婉」詞風的衝激交融，蔚成詞中奇情異采，使豪邁勁健中帶有沈鬱頓挫；疏放雋逸中，蘊含淒楚蒼涼，可說達到了詩化之詞的高度成就。

第七章　歷來詞評家之評議與定位

歷來詞評家對遺山詞之評論，因論者所處時代，所持視角，及習慣好尚的殊異，所以難免褒貶參差。且中國歷來有關詩話、詞話的批評，並非有系統的文學批評專論，多爲讀詩讀詞之札記偶感彙輯而成，因此，往往是評論某一作家作品的數首或一部分，未有全面之綜論；或因批評者年事增長，識見不同，對同一作家作品前後之批評，亦往往有所出入，這些均可謂中國批評史中常見之現象。雖然如此，爲了對《遺山樂府》的成就與地位，做全面的、客觀的考察，歷來詞論家之評議就相當有全面檢視探察的必要。職是之故，以下茲依時代先後，將重要詞論家之評議，選錄於下，並加以分析討論。

一、同時及稍後人士之看法

遺山卒後五年，即蒙古世祖中統二年壬戌（1262），嚴忠傑刊刻《元遺山集》，即所謂「中統本」者（已佚），當時人徐世隆作序，論及遺山之詞謂：

> 遺山……樂府則清雄頓挫，閑婉瀏亮，體制最備。又能用俗爲雅，變故作新，得前輩不傳之妙，東坡，稼軒而下不論也。

遺山卒後三十年，即元世祖至元二十四年丁亥（1287），王博文爲白樸《天籟集》作序，也論及遺山詞云：

> 樂府始於漢，著於唐，盛於宋，大概以情致爲主。秦晁賀晏得其體，然哇淫靡曼之聲勝，東坡、稼軒矯之以雄詞英氣，天下之趨向始明。近時元遺山每游戲於此，掇古詩之精英，備諸家之體制，而以林下風度消融其膏粉之氣。白樞判寓齋序云：「裕之法度最備」，誠爲確論。宜其獨步當代，光前人而冠來者也。

其中所謂「白樞判寓齋」，即指白樸之父白華，字文舉，仕金爲樞密院判官，與遺山交誼至厚。據此序所云，白華似曾爲遺山詞作序，惟此文已不復見，僅存此篇所引的「裕之法度最備」一句。

宋元之際，張炎《詞源•雜論》有云：

> 辛稼軒、劉改之作豪氣詞，非雅詞也，于文章餘暇戲弄筆墨，爲長短句之詩耳。元遺山極稱稼軒詞，及觀遺山詞，深于用事，精于煉句，有風流蘊藉處，不減周秦。如雙蓮、雁丘等作，妙在模寫情態，立意高遠，初無稼軒豪邁之氣，豈遺山欲表而出之，故云爾。

張炎生於宋理宗淳祐八年戊申（1248），〔註1〕遺山卒時，張炎年方十歲，其撰《詞源》，成書在晚年之時，約當元仁宗延祐四年（1317），〔註2〕距遺山之歿已六十年。

宋人論詞，本有豪放、婉約兩種不同傾向，〔註3〕而以婉約爲主。金源詞風受地理環境、人文性格、蘇學北行及時代動亂等等影響，流行豪放之風（請參見本文第二章第一節時代之大環境）。遺山生長於雲朔，才性清剛，又受時代風氣影響，故塡詞走豪放一路，而與蘇辛

〔註1〕見黃瑞枝《張炎詞及其詞學之研究》第二章生平部分附錄年譜。

〔註2〕同註1。

〔註3〕宋人論詞，是隱含有「豪放」、「婉約」不同風格之區別，但並未明顯將詞劃分爲兩派，只是蘇辛橫放傑出之詞風，在宋人詞話中，已隱隱將之視爲另一派。至明張綖《詩餘圖譜》凡例中，始以「豪放」、「婉約」名目對舉，成爲兩種對等體派。詳見本人〈婉約詞派與豪放詞派之正變探析〉一文，《屏東師院學報》第三期。

二家爲近。不過他又反對粗率眞露，表現的是疏快之中，又有相當深婉曲折之美（請參見本文第六章第三節疏快之中自饒深婉的主體風格）。同時他的作品頗有大家之風，並不限於豪健一路，亦有婉麗纏綿近小宴之風者（請參見本文第六章第一節各種風格的兼具並存），因此當時人論他的詞，角度即有明顯不同。徐世隆、王博文都是北方人，徐世隆推崇遺山詞「清雄頓挫，閑婉瀏亮……東坡、稼軒而下不論也。」王博文也特別推重東坡、稼軒之「雄詞英氣」，能端正詞之傾向，且認爲遺山能繼承蘇辛「以林下風度消融其膏粉之氣」，他們的看法都相當接近，這些也是很自然且容易理解的。至於張炎之評論，則有顯著的不同。張炎是南宋格律詞派之殿軍，他論詞遠承周邦彥而近推姜夔、史達祖，不滿意稼軒，認爲辛詞是豪氣詞，非雅詞，所以他特別欣賞遺山詞中「深于用事，精于煉句，有風流蘊藉處，不減周秦」的長處，也就是近於南宋婉約詞的一路之作。他標舉的遺山佳作，「雙蓮」、「雁丘」兩首〈摸魚兒〉詞，也是南宋格律派詞人最注重的詠物之詞，他認爲此二詞「妙在模寫情態，立意高遠」，可見南宋格律一派立論之偏重表現的技巧，而對情意的本質，則較未予以適當的重視。張炎又以此二詞「初無稼軒豪邁之氣」，而「元遺山極稱稼軒詞」乃權宜之計，是故意「欲表而出之」的緣故。從張炎的評論及舉證看來，可知他對遺山論詞之「推尊蘇辛，特重情性，又以蘇辛傳人自許，而不願與秦晁賀晏諸人並列」的觀點，並無相應的瞭解。關於這一點，有兩種可能的情形存在：一是南北阻隔，張炎作此評論前，只知遺山特別傳唱之「雁丘」等詞，而未見全部的遺山詞，故有此論。一是他特別強調遺山詞深婉的一面，而無視其豪放的一面，可說代表了南宋婉約派詞人之觀點。不過由於張炎的評論中有「元遺山極稱稼軒詞」的話，可見他必然見過冠於《遺山樂府》卷前之〈遺山自題樂府引〉，且對其中所云「樂府以來，東坡爲第一，以後便到辛稼軒」之語，印象深刻，也因此可推定，張炎應是見過遺山全部詞作，所以他的批評可說代表了南宋格律派詞人論詞偏重表現技巧，且以婉約之詞爲正宗的觀點，殆無可疑。此點亦可證明南北論者因視角不同，好尚之殊異，故有不同之評價觀點。

同時值得注意的是，徐世隆、王博文皆盛讚遺山詞「體制最備」、「備諸家體制」，並引白華評論亦謂「法度最備」，可見對遺山詞的內容範圍、藝術技巧、各種風格，有頗爲全面的看法，也是對遺山詞「繼踵蘇辛」，且爲「集金詞大成」的原因，提出了解釋，並給與相當的肯定與讚譽。

二、清代之批評

元明兩代之詞壇，總體來說，難言創造發展，這與當時之社會狀況和文學發展演變，有密切關係。〔註 4〕陳廷焯《白雨齋詞話》云:「詞盛於宋，亡於明。」吳梅《詞學通論》亦云：「詞至明代，可謂中衰之期。」元明兩代詞壇之沈寂，連帶的傳世的詞話著作，也僅寥寥幾部，〔註 5〕其中又僅明陳霆的《渚山堂詞話》有一則提及遺山「雁邱詞」，然也僅敘其本事，未觸及其詞作之特色或成就。時至清代，詞之發展，經歷了「中衰」之後，再度復興，二百多年間，不僅作家輩出，創作繁榮；有關詞學理論研究的各類詞話，也是碩果累累，成就不凡。其中述及遺山詞作者，主要有劉熙載、陳廷焯、況周頤三大家，皆看法獨到，眼光深刻，最具參考價值。以下即加以引述討論：

劉熙載《藝概・詞概》卷四云：

〔註 4〕元蒙時代，民族壓迫深重，漢族人社會地位低微，讀書人更處於社會最底層。知識分子與下層社會的結合，產生了新的文學樣式和文學思想，散曲和雜劇，成了元代文學的最大特色，而正統的古文詩詞，其勢已成強弩之末，缺乏力量與新興之元曲爭一席之地。至明代，社會環境與讀書人地位，雖又發生重大變化，但由於元代學術空疏之影響，及擬古風氣濃厚，八股取士盛行等原因，詩詞仍乏突出之成就。

〔註 5〕元明兩代詞話著作傳世，元代僅吳師道的《吳禮部詞話》一卷，陸輔之的《詞旨》一卷。明代亦僅有陳霆的《渚山堂詞話》三卷，王世貞的《藝苑卮言》一卷，俞彥的《爰園詞話》一卷，及楊慎的《詞品》六卷而已。

金元遺山，詩兼杜韓蘇黃之勝，儼有集大成之意。以詞而論，疏快之中，自饒深婉，亦可謂集兩宋之大成者也。

陳廷焯《詞壇叢話》：

元遺山詞，爲金人之冠，疏中有密，極風騷之趣，窮高邁之致，自不在玉田下。

陳廷焯《白雨齋詞話》卷二：

金詞於彥高外，不得不推遺山。遺山詞刻意爭奇求勝，亦有可觀。然縱橫超逸，既不能爲蘇辛，騷雅清虛，復不能爲姜史，于此可謂別調，非正聲也。

況周頤《蕙風詞話》卷三：

元遺山以絲竹中年，遭遇國變，……卒以抗節不仕，憔悴南冠二十餘稔。神州陸沈之痛，銅駝荊棘之傷，往往寄託於詞。〈鷓鴣天〉三十七闋，泰半晚年手筆，其賦「隆德故宮」及「宮體」八首、「薄命妾」諸作，蕃豔其外，醇至其內，極往復低徊，掩抑零亂之致。而其苦衷之萬不得已，大都流露於不自知，此等詞宋名家如辛稼軒固嘗有之，而猶不能若是其多也。遺山詞亦渾雅，亦博大，有骨幹，有氣象，以比坡公，得其厚矣，而雄不逮焉。豪而後能雄，遺山所處，不能豪，尤不忍豪。牟端明〈金鏤曲〉云：「撲面胡塵渾未掃，強歡謳，還肯軒昂否？」知此可與論遺山矣。設遺山雖坎坷，猶得與坡公同，則其詞之所造，容或尚不止此。其〈水調歌頭〉賦三門津「黃河九天上」云云，何嘗不崎崛排奡，坡公之所不可及者，尤能於此等處不露筋骨耳。〈水調歌頭〉當是遺山少作，晚歲鼎鑊餘生，栖遲零落，興會何能飆舉？知人論世，以謂遺山即金之坡公，何遽有愧色耶？充類言之，坡公不過逐臣，遺山則遺臣孤臣也……其詞纏綿而婉曲，若有難言之隱，而又不得已於言，可以悲其志而原其心矣。……

以上所列清人評論，褒貶各有不同，陳廷焯之兩評，更因其早晚年論詞主張不同，〔註 6〕而對遺山詞有不同之評價。不過三家都是清代較晚期的詞評家，是以或多或少都繼承了常州詞派主張尊體，及以比興寄託論詞的方式，然又自有創新、發展，各成其一家之言。如劉熙載《藝概・詞概》提出了「空中蕩樣，最是詞家妙訣」之說；陳廷焯《白雨齋詞話》提出「沈鬱頓挫」之說；況周頤《蕙風詞話》則提出「重、拙、大」之說。他們之間有一個相同的特點，就是對於詞的曲折深蘊之特質，皆有共同體認，而不純以豪放、婉約分高下，亦即只要是曲折深蘊之作，不論婉約、豪放，都是佳詞，所以較之前代，視角、論點，都已有長足的進步與擴展。

劉熙載謂遺山詞「疏快之中，自饒深婉」，可說是相當簡明扼要，又頗能全面中肯地掌握了遺山作品的主體風格（第六章第三節已詳述，請參見）。至於他稱遺山詞「可謂集兩宋之大成者」，或以爲揄揚太過，〔註 7〕然以遺山詞之內容、技巧、風格、實兼有豪放、婉約之長；不僅是各類型風格兼具並存，且不同風格間之轉化交融，亦圓熟自然，故「集大成」若解釋爲「第一」，是一種夸大，但若解釋爲遺山兼有兩宋以來，婉約、豪放兩種風格的長處，且在一個作品中，還能適當的融合，達到了剛柔相濟的境界，反而是很恰當的一個評語，所以劉氏之評雖簡短卻相當精要深入，很值得我們重視。

至於陳廷焯論遺山詞，則早年評價較高，晚年估價較低。首先我們看他在《詞壇叢話》對遺山詞之評論。他是先把遺山詞定位於「金人之冠」。接下去分析其詞長處是「疏中有密」，疏是疏快，密指細密，即蘊含的豐富和深遠，看法與劉熙載所謂「疏快之中自饒深婉相」相

〔註 6〕陳氏早年編有《雲韶集》，集前撮其要旨爲《詞壇叢話》。光緒十六年因感《雲韶集》蕪雜，另選《詞則》四集（大雅、放歌、閑情、別調），光緒十七年乃成《白雨齋詞話》，蓋以《詞則》爲基礎，歷評各家，可視爲陳氏晚年定論之作。

〔註 7〕如沈祖棻〈讀遺山樂府〉一文云：「至於劉熙載說元詞是集兩宋之大成，那就顯然是一種無根據的夸大了。」見《安徽師大學報》1984年第四期。

近。接言「極風騷之趣，窮高邁之致」，此二語，顯然是受常州詞派論詞所主「尊體」與「寄託」觀點的影響。張惠言《詞選序》有云：「詞者……極命風謠里巷男女哀樂，以道賢人君子幽約怨悱不能自言之情，低徊要眇以喻其致。蓋詩之比興，變風之義，騷人之歌，則近之矣。」主要說明詞這種表達賢人君子幽約怨悱之情的傳統，是其來有自的，是與詩經中比興的作法，變風的譏刺之意，及屈子離騷香草美人的託喻相近的。故其謂遺山詞「極風騷之趣，窮高邁之致」，是指達到風詩、離騷那種高遠幽深的情趣韻致，所以「不在玉田下」。可謂將「金人之冠」的遺山詞，與其時代稍後的集格律派大成的張炎相比，且以為「不在其下」。故陳氏早年對遺山詞可說頗為讚賞。至於陳氏晚年論詞，提出「沈鬱」之說。他於《白雨齋詞話》卷一云：「所謂沈鬱者，意在筆先，神餘言外，寫怨夫思婦之懷，寓孽子孤臣之感，凡交情之冷淡，身世之飄零，皆可於一草一木發之。而發之又必若隱若現，欲露不露，反復纏綿，終不許一語道破。」他推崇蘇辛詞的超逸縱橫，姜史詞的騷雅清虛，兩派雖風格不同，而都能「沈鬱」，即內容都是「忠愛纏綿」之作，又都具有「若隱若現，欲露不露，終不許一語道破」之高妙技巧。陳氏由此評論遺山詞，則其詞的忠愛纏綿之情是符合陳氏有關內容思想的要求，但「疏快」的主體風格，雖有深婉的一面，但有時抒情較直接顯明，缺少一些不即不離，幽約淒迷的韻致，是不符合陳氏「終不許一語道破」的表現手法的，也因此對遺山詞有了貶語。當然這種「終不許一語道破」的表現手法的過份偏重，有時會使詞作流於晦澀，因此也有學者並不以為然；〔註 8〕且

〔註 8〕《詩話與詞話》第三節〈清代與近代的詞話〉云：「他（陳廷焯）同周濟一樣，過分強調詞的『渾涵』之境，反對『一直說去，不留餘地』，認為『作詞貴於悲鬱中見忠厚，悲怨而激烈，其人非窮則夭』，故仍未能充分肯定蘇、辛豪放一派價值。他贊許溫庭筠、秦觀、周邦彥、姜夔、史達祖、吳文英等人詞作『表裡俱佳，文質適中』，為『詞中之上乘』，而認為蘇、辛諸作『質過於文』，雖亦為上乘，終非『雅正』。這種評價則未為公允。他的『終不許道破』的主張，和對『深微婉約』

陳氏以爲「金詞於彥高外，不得不推遺山」，彥高之詞，沈鬱騷雅，然此一長處遺山亦有之，而且遺山之風流博大處，則顯非彥高能匹也，〔註9〕且遺山詞，質量兼備，亦非彥高所可及，所以陳氏此論，未免過於偏頗。

另外況氏對遺山詞不但詳加論述，且評價甚高。蓋況氏本常州詞派理論，主張「詞貴有寄託。所貴者流露於不自知，觸發於弗克自己」，故特從遺山身世著眼，探索其胸中沈悲隱痛，即所謂「神州陸沈之痛，銅駝荊棘之傷，往往寄託於詞」者。尤其他特別指出遺山〈鷓鴣天〉詞中「宮體」及「薄命妾」諸作，是「蕃艷其外，醇至其內，極往復低徊，掩抑零亂之致。而其苦衷之萬不得已，大都流露於不自知」，可說達到了況氏對「寄託」認定的最高標準，完全是自然流露，非力強而致的最高境界。因此況氏對遺山此等詞推崇備至，謂「宋名家如辛稼軒固嘗有之，而猶不能若是其多也」。且況氏論詞，較常州詞派又有所發展，即特別提出「重、拙、大」之說，其中有謂：「詩筆固不宜直率，尤切忌刻意爲曲折。以曲折藥直率，即已落下乘。昔賢樸厚醇至之作，由性情學養中出，何至蹈直率之失。若錯認眞率爲直率，則尤大不可耳。」可知況氏特強調塡詞要寄託眞情實感，才能樸厚醇至；且眞率不同於直率，故反對「不安於淺而致飾」，反對「楚楚作態」，矯揉雕琢的詞風。也因此，他對遺山由性情學養而出的眞性情之作，謂其「亦渾雅、亦博大、有骨幹、有氣象」，亦可謂較陳氏更能體認遺山詞眞率而非直率的長處。他又將遺山與坡公相比，謂遺山「得蘇詞之厚而雄不逮焉」，是因爲兩人身世、心境不同所致。尤其他對陳氏謂遺山詞曠逸不逮坡公，能以遺山身世論之，謂世家子而遭遇國變，鼎鑊餘生，栖遲零落者二十餘年，其視坡公生處盛世，雖爲

的過分偏重，也容易使詞作流於晦澀。他的詞學理論上的缺陷，也正是常州詞派創作上的弱點的反映。」另外宋邦珍《白雨齋詞話沈鬱說研究》頁200（民國79年高師大國研所碩士論文），也有類似看法。

〔註9〕詳參張子良先生《金元詞述評》頁112。

放逐之臣，而終見天日者，焉可相提並論？若遺山者，生逢末運，遽遭亡國，又安忍於曠，緣何而逸哉？故況氏之分析，知人論世，有其精到之處，其推崇遺山爲「金之坡公」，亦可稱抉微之論。

綜觀以上清代三家之說，劉氏之評，最能照顧全面；陳氏之論，多從藝術手法著眼；況氏則特重知人論世之旨，及眞性情之作，要皆頗有見地，實可綜合觀之。

三、近人之見解

吳梅《詞學通論》云：

> 裕之樂府，深得稼軒三味。張叔夏云：「遺山深于用事，精于鍊句，風流蘊藉處，不減周秦。」余謂遺山竟是東坡後身，其高處酷似之，非稼軒所可及也。其樂府自序云：「子故言宋詩大概不及唐，而樂府歌詞過之，此論殊然，樂府以來，東坡爲第一，以後便到辛稼軒，此論亦然，東坡稼軒即不論，且問遺山得意時，自視秦晁賀晏諸人爲何如。予大笑，拊客背云：『那知許事，且噉蛤蜊。』」是遺山平昔之旨可見也。……遺山所作，輒多故國之思，如〈木蘭花慢〉云「冰井猶殘石甃，露槃已失金莖」。〈石州慢〉云「生平王粲，而今憔悴登樓，江山信美非吾土」。〈鷓鴣天〉云「三山宮闕空瀛海，萬里風埃暗綺羅」。又云「舊時逆旅黃粱飯，今日田家白板扉」。又云「墓頭不要征西字，元是中原一布衣」。皆可見其襟抱也。

王易《詞曲史》云：

> 元好問……張炎謂其「深于用事，精于鍊句，風流蘊藉處，不減周秦」，而遺山自序則極推蘇辛，且似羞比秦晁賀晏。集中〈水調歌頭〉，〈木蘭花慢〉，〈水龍吟〉，〈沁園春〉，〈滿江紅〉，〈江城子〉，〈臨江仙〉多首，皆掃空凡響，逼近蘇辛；其〈蝶戀花〉，〈南鄉子〉，〈鷓鴣天〉，〈浪淘沙〉，〈太常引〉，〈浣溪沙〉多首，又婉麗雋永，不減周秦。觀其序所稱陳去非詞「謂之言外句，含咀之久，不傳之秘，隱然眉睫間」，

> 可知其於審味設色間極所著意，信金源惟一大家也。

龍沐勛《中國韻文史》云：

> 收金詞之局，而冠絕諸家者，為元好問。……置之蘇辛間，眞堪鼎足，信宋、金詞苑之殿軍也。

繆鉞《遺山樂府編年小箋》亦云：

> 元遺山生長雲朔，稟質清剛，遭際滄桑，心懷隱痛，故其樂府能於清雄之中別饒深婉，蘇辛以降，殆罕其匹儔。

以上諸家之說，皆有相當一致的評價，未如清人出現參差的現象。一方面是由於以上諸家未如清人般建立自成一格的批評體系；一方面亦由於他們注意到遺山的詞學主張是推尊蘇辛一路的詩化之詞，再衡諸遺山作品，雖各體兼備，兼擅婉約、豪放之長，然其主流作品，主體風格，仍應歸諸蘇辛一派的豪放作品中來定位。如吳氏即從遺山詞學主張、實際作品及志意襟抱來論，而謂「遺山竟是東坡後身，其高處酷似之，非稼軒所可及也」。王氏亦由遺山論詞主張及實際作品論斷，稱之為「金源惟一大家」。龍氏亦明言遺山詞為「收金詞之局且冠絕諸家」者，置之蘇辛間，則「眞堪鼎足」。繆鉞先生亦謂「蘇辛以降，殆罕其匹儔」。可謂一致認為遺山詞具有「金源第一大家」，且與「東坡稼軒鼎足而三」的成就與地位。

四、結　語

葉嘉瑩先生於《靈谿詞說・論陸游詞》一文中，曾將宋代以作詩之餘力為詞的三位作家——歐陽修、蘇軾、陸游作過比較。他說：「歐公之詞，乃是既具有詩人之襟抱，同時也具有詞人之眼光，而且也是以詞人之筆法為詞的。至於蘇公，則是既具有詩人之襟抱，也具有詞人之眼光，而且是兼以詞人之筆法與詩人之筆法為詞的。至於陸游，則是具有詩人之襟抱，但未具有詞人之眼光，因而乃是全以詩人之筆法為詞的。」我們若也參考這個標準來衡量，從遺山的論詞主張，作品內涵，藝術技巧，及各種風格來觀察，他的作品是屬蘇辛一派豪健的詩化之詞，自無可疑；然而其詞之佳者，實不僅於屏除纖艷，自抒懷抱而已，更貴在能將一己之懷抱與悲慨，不作直筆的敘寫，而在表面「詩化」的風格中，蘊含著詞之筆法與詞之意境，所以遺山可說是「既具有詩人之襟抱，也深具詞人之眼光，且是以詩人的筆法兼具詞人的筆法爲詞的」。因此就金代詞壇而言，他自是集金詞大成的第一大家，而置之兩宋金元詞中，與詩化一派詞人相較，則不論是其詞學理論，或其詞作之內涵境界，塡詞筆法，或「疏快中自饒深婉」的主體風格，乃至全部詞作之質量兼備方面，其成就與地位都可說是在陸游之上；且毫無疑問，是位可與東坡、稼軒鼎足而三，當之而無愧之大家。

第八章　結　論

第一節　《遺山樂府》之特色與成就

《遺山樂府》歷來詞評家幾乎一致給予「金源第一大家」,「繼踵蘇辛,與蘇辛鼎足而三」的崇高評價,以下茲從其實際作品中所表現出來的內涵境界,藝術技巧及各種風格方面,歸納印證其在詞學上的特色與成就,以及足以顯映金源一代風貌的「詞史」價值。

一、內涵境界的沈鬱深廣

遺山詞,基本上是屬於蘇辛一派抒情言志的詩化之詞。這類詞之佳者,一方面是有「無事不可言,無意不可入」的豐富內涵;一方面又要在高遠博大,超邁豪健中,具有含蘊深遠,耐人尋味的情致。亦即既要有詩之廣大功能,又要有詞之深婉特質。而這種境界之達成,多是出自於內在情意本質的深厚曲折,非僅外在技巧之講究安排即可達致。

遺山在詞中,或表白性情,抒寫遭遇;或悲憤國事,登臨感遇;或寄答親友,詠物題詞,無不鎔生活於作品,寄深情於詞章。且由於其個人才性襟抱及身世遭遇的不凡與不幸,一方面是發自內在一貫儒家思想下,欲有所作爲的奮發衝力;另一方面是先後來自外界擯斥譏毀，家破國亡的沈重壓力，不斷的在他心中盤旋激盪，因此蔚成其詞中沈鬱深廣的內涵境界。這其中包含了他的志意理念，胸襟懷抱，是「詞中有人」，「詞中有品」的高遠博大，超邁豪健之作，再由於他一生行事遭際的曲折多變，於是又別具一種含蘊深遠，沈鬱幽咽的情致。因此，讀完《遺山樂府》，掩卷回思，一個憂國憂民，眞摯坦率，沈鬱悲憤，幽咽蒼涼的金國遺臣，及一代宗師的元遺山，即栩栩如在目前。這種由內在情意本質中表現出來的曲折深蘊的作品，其中沈鬱深廣的內涵境界，是詩化之詞的特美，也是遺山詞中最扣人心弦，動人心曲的地方，更可以說是他作品最大的特色與最高的成就所在。

二、藝術技巧的渾成自然

本文的第三章探討遺山的論詞主張中，曾謂：遺山是以「情性之外不知有文字」爲詩詞之最高境界。而欲達此一境界，從「文須字字作」，到「不離文字，不在文字」，「不知有文字」，中間必須經過積學養氣，「讀書破萬卷」之準備工夫；再運用「悲吟累日」，「反復改定」，「必欲嘔出心乃已」的琢磨鍛鍊工夫；最後才能「技進於道」，「不煩繩削而自合」，達到「下筆如有神」的境地。這就是詩家、詞家聖處，也就是東坡詞在「非有意於文字之爲工，不得不然之爲工」的「技進於道」的情況下，達到了「情性之外不知有文字」的境界，而產生了「一洗萬古凡馬空」的高妙氣象。由此可知，遺山論詞，是「以情性爲主，重自然而工」。亦即他既重視內在情意的本質，也注重外在藝術的技巧，只是不願如一般格律派詞人之因辭害意，或犧牲詞意以求音律一字之協罷了。

遺山實際的作品中，除了發自生命情意本質的曲折深蘊，動人心弦外，他在藝術表現的技巧上，也有匠心獨運，全力經營，精工錘鍊，又抹去斧斫痕的「自然之工」。譬如他在抒情敘事上，屢屢運用歷史人物等古典意象，大自然界景物的意象，做間接的表現暗示，而不做直接的敘寫；又如他運用反襯、對襯的手法，凸顯身世國事之感的曲折動人；以及運用託喻的技巧，以香草美人等比興寄託的方式，表達其黍離麥秀的沈悲深痛；同時他又將情語、景語渾化融合，達到「景語無非情語」的情景交融的藝術境界。這些渾成自然的表現技巧，一方面避免了詩化之詞容易出現的粗率質直的弊病，一方面增加了詞之所以爲詞的曲折深蘊之美。使其作品在生命情意的本質與藝術表現技巧兩方面相輔相承，相得益彰的情形下，能於豪邁勁健中見沈鬱頓挫，疏放自得中見悲愴蒼涼，清新瀏亮中見纏綿沈咽，達到了很高的藝術成就，也建立了他的詞獨有的風格特色。

三、各種風格的兼具交融

凡是具有大家風範的作品，除了內在情意本質及外在藝術技巧的深廣眞切，精美豐富外，整體表現在外的風神作品，也是有其多樣性、複雜性及主體性的。

遺山詞的風格，一方面有屬於所謂的「豪放」一派詞風；如表現豪壯之氣的，風格崎嶇排奡，渾浩博大的作品。又如表現雅健之趣的，風格疏放自得，超曠雋逸的作品。再如表達亡國孤臣之悲的，風格怨抑激楚，沈鬱蒼涼的作品等。另一方面也有屬於所謂的「婉約」一派詞風，如少作的清新瀏亮；抒情念遠之詞的纏綿婉曲等是。剛健之作，繼踵蘇辛；柔婉之筆，不讓周秦。不但有各種風格兼具並存的多樣性，也有各種風格皆合本色的代表性，故非大家手筆，不能臻此境界。

遺山詞中另有不同風格轉化交融的成就。一種是「摧剛爲柔」的手法，即話中有話，弦外有音的喻託之作，以香草美人之詞寄託其追懷故國之思，纏綿婉曲，若有難言之隱，又不得已於言者，與稼軒〈摸魚兒〉「更能消幾番風雨」一詞爲同一表現手法及情調。另一種則是同一作品中「剛柔交融」的詞風，有在剛健豪壯之中折入柔情之筆的；也有在拙重老成之調中，穿插纏綿幽怨之音的；當然也有在婀娜婉麗之情裡，襯以壯闊博大之景的。然而不論是「摧剛爲柔」或「剛柔交融」的風格，均是將豪健之情，出之以沈緜深摯之筆，這種作品，非平素有深厚的修養，實不能至。因爲豪壯之情，可激於一時義憤，而沈摯之情，須賴平日的素養。豪壯之情，就如烈士赴敵之勇；沈摯之情，則似仁者憂世之懷。而自古忠貞節義之士，愛國家，愛民族，躬蹈百險，艱貞不渝，必須仰賴平日深厚的修養，絕非憑仗一時血氣之勇的人所能達到。所以這種由不同風格轉化交融，貌似柔婉，中實貞剛的作品風格，不但可以見出遺山「才人伎倆，眞不可測」的大家手法，更可從此等深微處，窺知其人格與風格，人品與詞品。

至於遺山詞的主體風格，可以用「疏快之中，自饒深婉」來總括。這種主體風格，是由其身處的時代環境，行事際遇，及其抱持之詞學主張，運用的藝術手法形成的。「疏快」謂其抒發眞性情的自然暢達，「深婉」則指其在渾成的詞境中，含蘊之深厚，韻味之雋永。故遺山的主要作品，可說能在表面詩化之風格中，蘊含著詞的筆法與詞的意境，達到了豪邁勁健中見沈鬱頓挫，天風海濤之曲中，蘊含幽咽怨斷之音的詞境極詣。

四、顯映金源一代整體風貌

《遺山樂府》由內在情意的本質蘊孕了沈鬱深廣的內涵境界，由技進於道的技巧達成了自然而工的表現藝術，更由內外交融，完成了具有多樣性、複雜性、又不失主體性的總體風格，這些都是詞壇大家難得的藝術成就。然而更難能可貴也最値得珍惜重視的，則是它在顯映金源一代整體風貌的「詞史」意義上。

今存之唯一金詞總集《中州樂府》，在遺山苦心採集下，共收詞三十六家，詞一百二十四首。數量之少，自是金代文士謳歌吟詠，遭逢戰亂，而十不得一的結果。至於金人詞集見諸彙刻者，不過八家（詳見下節），且詞作散佚不全，今可見者，總數亦不過三百首左右。而《遺山樂府》存作有三百八十一首，數量爲其它諸家之數倍甚或數十倍，且以其「收金詞之局」、「總金詞之成」的地位，這一本書的得以成集傳世，自可稍補後人不得一窺金源文士嘔咏全豹的遺憾。

尤其元遺山承繼了蘇辛一派以詞抒情言志的傳統，在詞中，不論表白性情、抒寫遭遇、憂懷國事、登臨感遇、傷逝憶往、寄答親友，可說多方面反映了當時的社會現象、地理景觀、民情風土、國家情況，以及文人生活、志士襟抱等等；也隱現了由金至元這段歷史中，風雲動蕩，亂離愁慘的面目。當然，詞本不宜於紀實，無法將目睹親歷的種種景況，以詩文般的直筆寫出，然而《遺山樂府》中，卻將風雨江山，飄搖動亂的時代悲劇，以重拙深長的筆觸，曲折委婉的口吻，娓娓道出；而文人志士一種萬不得已之情，則以怨抑淒楚的慢聲貫穿其間。長歌當哭，不能自己之情，不假雕飾，自然流出。借用釋家「一花一世界」的觀點來看，金源一代的整體風貌，文士大夫的血淚心聲，可說多蘊於其中。

金之國祚與文運學脈的傳衍，至遺山這一代而宣告結束，他在這樣的時代學術背景上，以及詩詞數量，藝術成就皆冠絕諸家的地位上，可說是收金詞之結局，亦是集金詞大成的人物。尤其是他詞中那種「哀絲豪竹」一般的聲情，也足以代表當日文士大夫普遍共有的心聲，映顯了時代社會整體的風貌。因此，以一代「詞史」目之，自然是可以當之無愧的，而這也就是《遺山樂府》最與眾不同的特色與價值所在。

第二節　遺山對詞壇之貢獻及影響

一、論詞主張爲兩宋金元重要的詞學理論

遺山生長於雲朔邊陲，又在蘇學流行的金源，承北宋士大夫歌詞之餘緒，以寫詩餘力來塡詞，是以特重詩化的爽逸豪健風格。因之，他對詞的理論主張，對詞特質的體認，是以詩化的豪放詞爲最高標準，故而推尊蘇辛二家，特重有血肉的眞性情之作。也因此，對一般歌詠兒女柔情的綺羅香澤之詞，並不看重，也不願如南宋格律派詞人之因辭害意，或犧牲詞意以求音律一字之協。

遺山論詞雖特重詩化的豪健一路，然並非詩詞不分。他仍認爲：成功的詞應於「超邁豪健中仍具有曲折含蘊之致」。故所舉證的黃山谷〈浣溪沙〉、陳去非〈臨江仙〉等篇，無不具有含蘊深遠，耐人尋繹之情味。尤其他並未因偏重詩化的豪放詞，而忽視文字技巧的琢磨鍛鍊。他一再言及，「非有意於文字之爲工，不得不然之爲工」，「情性之外不知有文字」者，皆是指讀書力學，眞積力久，使文字技巧錘鍊至爐火純青時，方能達到的境界。故其論詞，是主張有眞性情、眞懷抱，又能以好文字出之者。

遺山的論詞文字，雖分見於散篇序引中，並非特意的專作，所以本身未能有嚴密的結構與完整的體系，然而卻是觀點一致，立場明確，見解深刻的詞學主張，堪稱兩宋金元之際重要的詞學理論。尤其更足以補詩化之詞理論的不足，對當時與後世，自有其相當的貢獻。

二、中州樂府存金源一代之詞

女眞立國，約與南宋同時，秦嶺淮河一界之隔，雖然彼此時生爭執而交通並未全絕。當時蘇學行於北，程學盛於南，在文采風習，相互激盪下，於是中州百餘年之間，也是正聲不替，歌管頻傳，倚聲之事，也頗有可觀。其後金亡於蒙古，征戰之際，中原文物摧毀殆盡，因此金源文士謳詠得傳於今者，已十不得一。據張子良先生《金元詞述評》搜考所得，金人詞集見於彙刻者，於王鵬運四印齋刻本得蔡松年《明秀集》一家，朱祖謀彊村叢書本得王寂《拙軒詞》，段克已《遯庵樂府》，段成已《菊軒樂府》，李俊民《莊靖先生樂府》，及元好問《遺山樂府》等五家；趙萬里校輯本得吳激《東山樂府》，耶律履《耶律文獻公詞》二家。此外僅見者，惟遺山所輯之《中州樂府》一卷而已。

《中州樂府》爲遺山被羈管於聊城時所輯。他以爲中州詩人成就輝煌，若未及時加以採集，恐將毀於兵燹之中，因此以亡金故臣，在羈管之中，仍奮力輯成《中州集》十卷，《中州樂府》一卷。《中州樂府》收詞三十六家，詞一百二十四首，除前舉已見於專集者外，其餘爲蔡珪一首，高士談三首，劉著一首，趙可十首，鄧千江一首，任詢一首，馮子翼一首，李晏四首，劉仲伊十一首，劉迎二首，党懷英五首，王庭筠十二首，王礀一首，趙秉文七首，胥鼎一首，許古二首，馮延登一首，完顏璹七首，辛愿一首，李獻能三首，王渥一首，李節一首，完顏從郁一首，景覃三首，高憲四首，王予可三首，王特起二首，趙攄二首，孟宗獻一首，張中孚一首，王賢佐一首，趙元三首，折元禮一首，元德明一首。去取頗嚴，幾無一篇不可讀。雖兼收綿麗之作，而氣象實以代表北方本色者居多。此集爲今存之唯一金詞總集，是一部有系統的斷代性詞選，詞家、詞風流派的彙集，爲今日研究金詞最重要且僅存之直接資料。可見遺山保存文獻的苦心及眼光，對後世詞學有極重要的價值。

三、遺山樂府爲宋元之際詞壇的清流正聲

朱彝尊《詞綜發凡》云：「詞至南宋始極其工，至宋季而始極其變。」此「極其變」，可以就兩方面來說：一是格律派「雅詞」朝更加深隱工緻，暗寓寄託的方向發展；一則「以文爲詞」的愛國詞，朝更加直露，更加恣肆之方向變化。故宋季詞壇，可以說明顯呈現「兩極分化」之情形。

在格律一派詞人中，由於每每偏愛詠物的題材，再出之以比興寄託曲折隱晦之筆法，以寄寓其家國之感，故趨向刻意求精求深之道。如周密、王沂孫、張炎諸人，憤於元僧楊璉眞伽發宋陵而作的《樂府補題》諸作，雖寄託遙深，卻晦澀難讀，〔註1〕甚至被譏爲「晦澀的燈謎」。詞發展到此種地步，雖精美工巧到極點，卻相對的走進繁縟、

〔註 1〕試以《樂府補題》所收之第一題〈天香‧宛委山房擬賦龍涎香〉爲例，全詞如下：「孤嶠蟠煙，層濤蛻月，驪宮夜採鉛水。訊遠槎風，夢深薇露，化作斷魂心字。紅甆候火，還乍識，冰環玉指。一縷縈簾翠影，依稀海天雲氣。　　幾回殢嬌半醉，翦春燈，夜寒花碎。更好故溪飛雪，小窗深閉。荀令如今頓老，總忘卻，樽前舊風味。謾惜餘熏，空篝素被。」是標準的藉詠物以爲寄託之作，一般學詞者，非憑藉大量之註解說明，實難理解，更遑論可以賞析以感發興起了。

綺靡、晦澀、狹深的小胡同，喪失可引起大多數人共鳴之興發感動的作用，未免使詞之生命及價值斷喪大半。

另外在宋亡前後的愛國歌詞，有些已成爲「政治批判詞」，嬉笑怒罵，鋒芒畢露。且由於抒發感嘆，直陳政見之需要，此類作品中，乃形成散文化、議論化、直露化、及好用政治典故的風氣。〔註2〕此派末流，更有粗獷、叫囂、僨張、狂怪的弊病，非但有損詞之音樂性、抒情性，甚至連詞起碼的含蓄蘊藉，幽約深長之特質，亦蕩然無存了。詞作到這種「以文爲詞」的地步，自然詞之所以爲詞的生命也宣告終結。

遺山之作，在宋元之際詞壇兩極化的情況下，可算是一股難能可貴的清流正聲。其「疏快之中，自饒深婉」的詞風，不但具備了抒發眞性情之自然暢達，同時又在渾成的詞境中，含蘊了深廣沈鬱的內涵，雋永悠長的情味。尤其「主於情性，自然而工」的寫法，不但避免了晦澀難懂或粗獷叫囂之病，且「詞中有人，詞中有品」，使人得以充分領略其詞作生命中動人的情致，感發的興味。可說兼有了豪放、婉約兩派之長，也使當時已經令人無以措手足的「極其變」的詞壇，有了一股正聲清流，使詞能再度尋聲順流地發展，而未在宋季即宣告終絕。這可說是遺山之詞雖隱而實顯的貢獻與影響。

四、詞風總金詞之大成導元詞之發展

論金源人詞，前則吳激、蔡松年，中則党懷英、趙秉文，後則爲集大成又冠絕諸家之元遺山。吳激（彥高）之詞沈鬱騷雅，蔡松年（伯堅）之詞疏俊流美，並爲金初雙璧；党懷英（世傑）之詞蕭灑俊逸，

〔註2〕如當日青年詞人陳人傑共存有三十一首〈沁園春〉，幾乎全是「以文爲詞」，直抒感嘆之作。茲舉一例：「誰使神州，百年陸沈，青毡未還。悵晨星殘月，北州豪傑。西風斜日，東帝江山。劉表坐談，深源輕進，機會失之彈指間。傷心事，是年年冰合，在在風寒。　說和說戰都難，算未必江沱堪宴安。嘆封侯心在，鱣鯨失水。平戎策就，虎豹當關。渠自無謀，事猶可做，更剔銀燈抽劍看。麒麟閣，豈中興人物，不畫儒冠？」這種詞，已是以詞爲政論文，詞之情味幾已喪失殆盡了。

趙秉文（閑閑）之詞，雄肆跌宕，並稱於大定明昌之間。遺山生於明昌末季，遠紹東坡、稼軒遺緒，近承彥高、伯堅嗣響，並出閑閑諸人之門，非但以上諸家詞風兼而有之，其風流博大處，更非金源諸子所能匹儔，故其詞可謂集金詞之大成者。

遺山晚年，聲望卓著，如徐世隆《遺山文集序》所言：「性樂易，好獎掖後學，春風和氣，隱然眉睫間，未嘗以行輩自尊，故所在士子從之如市。」一時郝經、王惲、許楫，均出其門下，而麻革、段克己等河汾遺老亦從之遊，對金元之際之文風學脈，頗有鼓動振興之效。其後元之劉因、吳澄，更私淑遺山，一代宗師，對後世之開導影響，十分深遠。就詞而言，元繼宋金之後，亦有南北詞派之別。北派承中州金源詞人之緒，南派則被宋末婉約諸家之風。〔註 3〕遺山即以一代詞壇宗主，承載蘇、辛、吳、蔡激昂悲抑之懷以入元，遂啓北派劉秉忠（《藏春樂府》）、王惲（《秋澗樂府》）、劉因（《靜修詞》）、劉敏中（《中庵樂府》）、許有壬（《圭塘樂府》）、薩都拉（《雁門詞》）諸人超邁精壯之風，使中州詞人之緒，得以源遠流長，久而弗衰，未爲新興之元曲所替代，而與宋季婉約諸家之風影響之南派，並存不廢，此遺山以一代詞壇宗師，承先啓後的薪傳之功，在詞學發展史上，自有其不可磨滅的貢獻及影響。

〔註 3〕詳參張子良先生《金元詞述評》第一章第二節。

參考書目

一、專　書

1. 《遺山樂府》,〔金〕元好問，台北，廣文書局影彊村叢書本，民國59年。
2. 《遺山樂府》,〔金〕元好問，台北，洪氏出版社影全金元詞本，民國69年。
3. 《遺山新樂府》,〔金〕元好問，台北，成文出版社影吳重熹石蓮盦彙刻九金人集本，民國56年。
4. 《遺山新樂府》,〔金〕元好問，台北，商務印書館影宛委別藏抄本，民國70年。
5. 《遺山先生新樂府》,〔金〕元好問，台北，藝文印書館影殷禮在斯堂叢書本，民國59年。
6. 《元好問詩詞集》，賀新輝編，北平，中國展望出版社，1990年。
7. 《遺山集》,〔金〕元好問，台北，商務印書館影文淵閣四庫全書本，75年。
8. 《元遺山先生全集》,〔金〕元好問，台北，成文出版社影吳重熹石蓮盦彙刻九金人集本，民國56年。
9. 《新校元遺山詩集箋注》,〔金〕元好問,〔清〕施國祁箋注，台北，世界書局，民國71年。
10. 《續夷堅志》,〔金〕元好問，台北，新興書局影筆記小說大觀本，民國66年。
11. 《中州集附中州樂府》,〔金〕元好問編，台北，商務印書館影文淵閣四庫全書本，民國 75 年。
12. 《唐詩鼓吹箋註》,〔金〕元好問編，〔元〕郝天挺箋註，台北，新文豐出版社，民國 72 年。
13. 《元遺山先生年譜》,〔清〕翁方綱，台北，商務印書館影粵雅堂叢書本，民國 67 年。
14. 《元遺山先生年譜》,〔清〕凌廷堪，台北，藝文印書館影安徽叢書本，民國 60 年。
15. 《廣元遺山年譜》,〔清〕李光庭，台北，藝文印書館影適園叢書本，民國 60 年。
16. 《遺山樂府編年小箋》，吳庠，台北，源流出版社，民國 74 年。
17. 《詩人元遺山研究》，李冠禮，台北，正中書局，民國 64 年。
18. 《元遺山詩研究》，吳美玉，台北，嘉新水泥公司文化基金會，民國 65 年。
19. 《元好問研究》，李長生，台北，文史哲出版社，民國 68 年。
20. 《元好問詩詞研究》，賀新輝，北平，中國婦女出版社，1990 年。
21. 《遺山論詩詮證》，王禮卿，台北，中華叢書編輯委員會，民國 65 年。
22. 《漢書》,〔漢〕班固，台北，洪氏出版社影二十五史殿本，民國 62 年。
23. 《後漢書》,〔晉〕范曄，同上。
24. 《三國志》,〔晉〕陳壽，同上。
25. 《晉書》,〔唐〕房玄齡，同上。
26. 《南史》,〔唐〕李延壽，同上。
27. 《北史》,〔唐〕李延壽，同上。
28. 《宋書》,〔梁〕沈約，同上。
29. 《周書》,〔唐〕令狐德棻，同上。
30. 《舊唐書》,〔後晉〕劉煦，同上。
31. 《新唐書》,〔宋〕歐陽修等，同上。
32. 《宋史》,〔元〕脱脱等，同上。
33. 《遼史》,〔元〕脱脱等，同上。
34. 《金史》,〔元〕脱脱等，同上。
35. 《元史》,〔明〕宋濂等，同上。
36. 《資治通鑑》,〔宋〕司馬光，台北，商務印書館影文淵閣四庫全書本，民國 72 年。
37. 《大金國志》，〔宋〕宇文懋昭，台北，商務印書館，民國 58 年。
38. 《金史紀事本末》，〔清〕李有棠，台北，里仁書局，民國 71 年。
39. 《元史紀事本末》，陳邦瞻，台北，三民書局，民國 55 年。
40. 《元名臣事略》，〔元〕蘇天爵，台北，商務印書館影文淵閣四庫全書本，民國 72 年。
41. 《宋遼金史》，金毓黻，台北，樂天出版社，民國 68 年。
42. 《廿二史劄記》，〔清〕趙翼，台北，世界書局，民國 57 年。
43. 《疑年錄》，〔清〕錢大昕，台北，藝文印書館影粵雅堂叢書本，民國 54 年。
44. 《山西通志》，〔清〕王軒等，台北，商務印書館影文淵閣四庫全書本，民國 72 年。
45. 《歸潛志》，〔金〕劉祁，同上。
46. 《錄鬼簿》，〔元〕鍾嗣成，台北，新興書局影筆記小說大觀本，民國 66 年。
47. 《詞史》，劉子庚，台北，學生書局，民國 71 年。
48. 《詞曲史》，王易，台北，廣文書局，民國 60 年。
49. 《中國韻文史》，龍沐勛，台北，洪氏出版社，民國 63 年。
50. 《中國文學發達史》，劉大杰，台北，中華書局，民國 63 年。
51. 《中國文學史》，葉慶炳，台北，學生書局，民國 73 年。
52. 《中國文學史初稿》，王忠林等，福記文化圖書公司，民國 67 年。
53. 《遼金元文學史》，吳梅，台北，商務印書館，民國 56 年。
54. 《遼金元文學》，蘇雪林，台北，商務印書館，民國 56 年。
55. 《中國文學批評史》，郭紹虞，台南，唯一書業中心，民國 64 年。
56. 《中國文學批評史》，羅根澤，台北，學海出版社，民國 69 年。
57. 《中國文學批評史》，陳鐘凡，台北，商務印書館，民國 69 年。
58. 《中國音樂史》，王光祈，台北，中華書局，民國 76 年。
59. 《中國古代音樂史稿》，楊蔭瀏，台北，丹青圖書公司，民國 75 年。
60. 《中國舞蹈史》，常任俠等，台北，蘭亭書屋，民國 74 年。
61. 《中國美學史》，李澤厚、劉綱紀主編，台北，里仁書局，民國 75 年。
62. 《中國美學史大綱》，葉朗，台北，滄浪出版社，民國 75 年。

63. 《中國美學史論集》，林同華，台北，丹青圖書公司，民國 76 年。
64. 《陶淵明集校箋》，楊勇校箋，台北，正文書局，民國 76 年。
65. 《杜詩鏡銓》，楊倫編輯，台北，正大印書館，民國 63 年。
66. 《蘇軾詩集》，〔宋〕蘇軾，台北，學海出版社，民國 74 年。
67. 《東坡樂府箋》，龍榆生校箋，台北，華正書局，民國 79 年。
68. 《稼軒詞編年箋注》，鄧廣銘箋注，台北，華正書局，民國 75 年。
69. 《拙軒集》，〔金〕王寂，台北，商務印書館影文淵閣四庫全書本，民國 72 年。
70. 《滏水集》，〔金〕趙秉文，同上。
71. 《滹南集》，〔金〕王若虛，同上。
72. 《莊靖集》，〔金〕李俊民，同上。
73. 《二妙集》，〔金〕段克己、段成己，同上。
74. 《陵川集》，〔元〕郝經，同上。
75. 《藏春集》，〔元〕劉秉忠，同上。
76. 《天籟集》，〔元〕白樸，同上。
77. 《秋澗集》，〔元〕王惲，同上。
78. 《靜修集》，〔元〕劉因，同上。
79. 《圭塘小藁》，〔元〕許有壬，同上。
80. 《雁門集》，〔元〕薩都拉，同上。
81. 《輟耕錄》，〔元〕陶宗儀，台北，世界書局，民國 52 年。
82. 《鮚埼亭集》，〔清〕全祖望，台北，商務印書館影文淵閣四庫全書本，民國 72 年。
83. 《昭明文選》，〔梁〕蕭統，台北，藝文印書館，民國 75 年。
84. 《唐五代詞》，成肇麐編，台北，世界書局，民國 65 年。
85. 《全宋詞》，唐圭璋編，台北，文光出版社，民國 72 年。
86. 《全金元詞》，唐圭璋編，台北，洪氏出版社，民國 69 年。
87. 《校輯宋金元人詞》，趙萬里校輯，台北，台聯國風出版社，民國 61 年。
88. 《彊村叢書》，〔清〕朱祖謀編，台北，廣文書局，民國 59 年。
89. 《御選歷代詩餘》，〔清〕沈辰垣等輯，台北，廣文書局，民國 61 年。
90. 《詞綜》，〔清〕朱彝尊等輯，台北，世界書局，民國 69 年。

91. 《詞選、續詞選》，〔清〕張惠言、董毅編，台北，世界書局，民國45年。
92. 《詞則》，〔清〕陳廷焯編，上海，古籍出版社，1984年。
93. 《宋詞三百首箋》，唐圭璋箋注，台北，明倫出版社，民國64年。
94. 《唐宋名家詞選》，龍沐勛選編，台北，開明書局，民國73年。
95. 《詞選、續詞選》，鄭騫編注，台北，中國文化大學出版部，民國77年。
96. 《詞選》，盧元駿選編，台北，正中書局，民國70年。
97. 《中國歷代詞選》，羅琪選編，台北，宏業書局，民國60年。
98. 《元好問詩選》，陳沚齋選注，台北，遠流出版社，民國77年。
99. 《河汾諸老詩集》，〔元〕房祺編，台北，商務印書館影文淵閣四庫全書本，民國72年。
100. 《詞話叢編》，唐圭璋編，台北，廣文書局，民國69年。
101. 《詞話叢編》，唐圭璋編，台北，新文豐出版社，民國79年。
102. 《藝概》，〔清〕劉熙載，台北，金楓出版社，民國75年。
103. 《白雨齋詞話》，〔清〕陳廷焯，台北，開明書店，民國71年。
104. 《蕙風詞話》，〔清〕況周頤，台北，河洛出版社，民國64年。
105. 《人間詞話》，王國維，台北，金楓出版社，民國76年。
106. 《金元詞述評》，張子良，台北，華正書局，民國68年。
107. 《歷代詞話敘錄》，王熙元，台北，中華出版社，民國62年。
108. 《詩話與詞話》，台北，木鐸出版社，民國77年。
109. 《歷代詩話》，〔清〕何文煥編，台北，漢京出版社，民國72年。
110. 《清詩話》，〔清〕丁福保編，台北，木鐸出版社，民國77年。
111. 《百種詩話類編》，臺靜農編，台北，藝文出版社，民國63年。
112. 《金代文學批評資料彙編》，林明德編，台北，成文出版社，民國68年。
113. 《清代文學批評資料彙編》，葉慶炳、吳宏一，台北，成文出版社，民國68年。
114. 《詞學通論》，吳梅，台北，商務印書館，民國66年。
115. 《樂府通論》，王易，台北，廣文書局，民國53年。
116. 《詞學》，梁啓勳，台北，河洛出版社，民國64年。
117. 《詞學銓衡》，梁啓勳，台北，河洛出版社，民國64年。

118. 《詞學季刊》，龍沐勛主編，台北，學生書局，民國 56 年。
119. 《詞學論薈》，唐圭璋等，台北，五南出版社，民國 78 年。
120. 《詞曲研究》，盧前，台北，中華書局，民國 71 年。
121. 《詩詞曲論著》，俞平伯，台北，長安出版社，民國 77 年校訂版。
122. 《唐宋詞論叢》，夏承燾，台北，華正出版社，民國 63 年。
123. 《漢語詩律學》，王力，台北，文津出版社，民國 76 年。
124. 《宋詞通論》，薛礪若，台北，開明書店，民國 71 年。
125. 《景午叢編》，鄭騫，台北，中華書局，民國 61 年。
126. 《詞學考詮》，林玫儀，台北，聯經出版社，民國 76 年。
127. 《詞調與大曲》，梅應運，香港，新亞研究所，民國 50 年。
128. 《詞調溯源》，夏敬觀，台北，商務印書館，民國 62 年。
129. 《詞籍考》，饒宗頤，香港，香港大學出版社，1963 年。
130. 《詞牌彙釋》，聞汝賢，自印本，民國 52 年。
131. 《欽定詞譜》，〔清〕王奕清等，台北，洪氏出版社，63 年。
132. 《詞律》，〔清〕萬樹，台北，廣文書局，民國 78 年。
133. 《唐宋詞格律》，龍沐勛，台北，里仁書局，民國 75 年。
134. 《詞律探原》，張夢機，台北，文史哲出版社，民國 70 年。
135. 《詩詞曲語詞匯釋》，張相，台北，中華書局，民國 59 年。
136. 《宋詞舉》，陳匪石，台北，正中書局，民國 58 年。
137. 《詩詞散論》，繆鉞，台北，開明書店，民國 68 年。
138. 《靈谿詞說》，繆鉞、葉嘉瑩，台北，國文天地出版社，民國 78 年。
139. 《迦陵論詞叢稿》，葉嘉瑩，台北，明文書局，民國 76 年。
140. 《唐宋詞名家論集》，葉嘉瑩，台北，國文天地出版社，民國 76 年。
141. 《中國詞學的現代觀》，葉嘉瑩，台北，大安出版社，民國 77 年。
142. 《唐宋詞十七講》，葉嘉瑩，台北，國文天地出版社，民國 78 年。
143. 《唐宋詞的風格學》，楊海明，台北，木鐸出版社，民國 76 年。
144. 《蕭瑟金元調》，李夢生，台北，漢欣文化公司，民國 79 年。
145. 《宋南渡詞人研究》，黃文吉，台北，學生書局，民國 74 年。
146. 《稼軒詞研究》，陳滿銘，台北，文津出版社，民國 69 年。
147. 《詩論》，朱光潛，台北，漢京出版社，民國 71 年。
148. 《談藝錄》，錢鍾書，台北，書林出版社，民國 77 年。

149. 《中國古典詩歌藝術研究》，袁行霈，台北，五南出版社，民國 78 年。
150. 《古典詩詞藝術探幽》，艾治平，台北，木鐸出版社，民國 76 年。
151. 《詩史本色與妙悟》，龔鵬程，台北，學生書局，民國 75 年。
152. 《比興物色與情景交融》，蔡英俊，台北，大安出版社，民國 75 年。
153. 《抒情的境界》，蔡英俊編，台北，聯經出版社，民國 71 年。
154. 《意象的流變》，蔡英俊編，台北，聯經出版社，民國 71 年。
155. 《美的歷程》，李澤厚，台北，蒲公英出版社，民國 75 年。

二、期刊論文

1. 〈元遺山年譜彙纂〉，繆鉞，國風月刊第七卷第二期。
2. 〈遺山樂府編年小箋〉，繆鉞，詞學季刊卷三第二號。
3. 〈遺山先生述傳〉，陳湛銓，廣州大學學報第一期。
4. 〈元好問的生平與著作〉，梁容若，國語日報古今文選第二五六期。
5. 〈元遺山著述考〉，陳學霖，香港大學中文學會年刊。
6. 〈元好問〉，江應龍，中華文化出版事業委員會中國文學史論集第三冊。
7. 〈元好問詞藝術初探〉，趙興勤、王廣超，徐州師院學報 1983 年第一期。
8. 〈讀遺山樂府〉，沈祖棻，安徽師大學報 1984 年第四期。
9. 〈論元好問詞〉，繆鉞，大陸紀念元好問八百年誕辰學術研討會論文集。
10. 〈遺山樂府縱覽〉，侯孝瓊，山西大學師範學院學報 1990 年第一期。
11. 〈初論遺山詞〉，趙慧文，忻州師專學報 1990 年第一期。
12. 〈元好問詠物詞初探〉，包根第，紀念元好問八百年誕辰學術研討會論文（付梓中）
13. 〈元好問及其喪亂詩〉，陳中凡，文學研究 1958 年第一期。
14. 〈元好問的詩與金代社會〉，武玉環，忻州師專學報 1990 年第一期。
15. 〈遺山詩的人道主義精神〉，毛炳身等，同上。
16. 〈讀遺山詩小記〉，瞿荊洲，民主評論卷七期十四。
17. 〈元好問文學批評的指向〉，林明德，文學評論第四集。
18. 〈元遺山論詩絕句講述〉，陳湛銓，香港浸會學院學報第三期。

19. 〈元好問論詩絕句析論〉，皮述民，南洋大學學報第三期。
20. 〈遺山論詩三十首箋釋〉，王韶生，崇基學報卷五期二。
21. 〈元好問論詩三十首〉，錢仲聯，藝林叢錄第六編。
22. 〈元遺山論詩的特識〉，吳天任，民主評論卷七期十七。
23. 〈遺山撰崔立碑疑案〉，吳天任，大陸雜誌卷三十期五。
24. 〈金元之際元好問對於保全中原傳統文化的貢獻〉，姚從吾，大陸雜誌卷二十六期三。
25. 〈元好問癸巳上耶律楚材書的歷史意義與書中五十四人行事考〉，姚從吾，台大文史哲學報十九期。
26. 〈金源詩歌之流變〉，李曰剛，師大學報第二十期。
27. 〈金元詩的主流〉，金達凱，民主評論卷十一期二十二。
28. 〈金元詩歌析論〉，林明德，幼獅學誌，第十九卷第二期。
29. 〈金元之際江北人民的生活〉，袁國藩，大陸雜誌卷三〇期五。
30. 〈李清照詞論評析〉，林玫儀，淡江學報二十三期。
31. 〈詞之對比技巧初探〉，王熙元，古典文學第二集。
32. 〈論詩詞之對比手法〉，謝世涯，古典文學等七集下冊。
33. 〈談安排詞章主旨的幾種基本形式〉，陳滿銘，國文學報第十四期。
34. 〈演繹法在詩詞裡的運用〉，陳滿銘，國文天地 1988 年 2 月。
35. 〈說詞心〉，邵祖平，東方雜誌四十四卷十一號。
36. 〈論詞之形式與內容〉，明允中，幼獅學報四卷一、二期。
37. 〈淺論詞之疏與密〉，林佐翰，香港聯合書院學報五期。
38. 〈論婉約與豪放詞風的形成〉，王熙元，師大國文學報第五期。
39. 〈婉約豪放與正變〉，高建中，詞學 1983 年第三輯。
40. 〈論情景交融〉，黃維樑，幼獅文藝四十三卷五期。
41. 〈詞學理論綜考〉，梁榮基，民國 64 年台大博士論文。
42. 〈晚清詞論研究〉，林玫儀，民國 68 年台大博士論文。
43. 〈蘇辛詞內容與風格比較研究〉，張垣鐸，民國 68 年師大碩士論文。
44. 〈常州詞派寄託說研究〉，張苾芳，民國 73 年文化碩士論文。
45. 〈白雨齋詞話之研究〉，陳月霞，民國 69 年政大碩士論文。
46. 〈詞話之批評與功用研究〉，王國昭，民國 75 年東吳碩士論文。
47. 〈劉熙載藝概詩歌理論研究〉，柯夢田，民國 78 年高師大碩士論文。
48. 〈白雨齋詞話沈鬱說研究〉，宋邦珍，民國 79 年高師大碩士論文。